红脖子松鸡

〔加〕欧内斯特·西顿◎著　张　辉◎译

中国妇女出版社

图书在版编目（CIP）数据

红脖子松鸡 /（加）欧内斯特 · 西顿
(Ernest Seton) 著 ；张辉译. -- 北京 ：中国妇女出版
社，2019.3
（全世界孩子都喜爱的动物故事）
ISBN 978-7-5127-1598-1

Ⅰ.①红… Ⅱ.①欧…②张… Ⅲ.①儿童故事－作
品集－加拿大－现代 Ⅳ.①I711.85

中国版本图书馆CIP数据核字（2018）第111833号

红脖子松鸡

作　　者：〔加〕欧内斯特 · 西顿　著　张辉　译
责任编辑：宋罡
封面设计：尚世视觉
责任印制：王卫东
出版发行：中国妇女出版社
地　　址：北京市东城区史家胡同甲24号　　邮政编码：100010
电　　话：（010）65133160（发行部）　　65133161（邮购）
网　　址：www.womenbooks.cn
法律顾问：北京市道可特律师事务所
经　　销：各地新华书店
印　　刷：三河市祥达印刷包装有限公司
开　　本：150×215　1/16
印　　张：9.5
字　　数：100千字
版　　次：2019年3月第1版
印　　次：2019年3月第1次
书　　号：ISBN 978-7-5127-1598-1
定　　价：29.80元

目录

CONTENTS

01

英雄信鸽阿诺克斯

扫描二维码
听导读

一

穿过西十九大街上的一个马厩的侧门，沿着楼梯走进狭长的阁楼，空气中飘来一股淡淡的甘草味。再往前走，阁楼的南边被封住了。阁楼上传来“咕咕，咕咕，咕咕咕咕，咕咕，咕咕，咕咕咕咕”的声音，到处是拍着翅膀飞的鸽子——现在我们来到了名鸽之家。

今天有一个五十只幼鸽参加的飞行比赛，我被邀请担当这次比赛的裁判，也许是因为我完全不懂，不会带有任何偏见，所以他们找我来当裁判。这些幼鸽之前曾和它们的父母一起短途飞行过，从某一个地方被放飞，而后跟父母一起回到鸽舍。这是它们第一次独自飞行，起飞地点在新泽西州的伊丽莎白市，这对它们来说，将是一次漫长的考验。训鸽人对我说：“只有这样才能淘汰掉差的，而留下最优秀的鸽子。”

比赛还有一项，那就是看看哪只鸽子先回鸽舍，先回来的将获得一笔奖金。这笔奖金由附近的养鸽人拼凑出来，打算奖励给先回到鸽舍的鸽子，而我将决定哪一只会获得这笔奖金。必须是先回鸽舍的鸽子，在附近转悠不进鸽舍的话，就没

信鸽

信鸽，经过驯化用于通信的鸽子。信鸽是一种空中飞行的动物，所以它的形体一定要符合空中飞行的要求，即飞行时阻力要小、平衡控制能力强、飞行时间长。

有完成比赛。作为一个传递消息的信鸽，信息若没有送到地方，便不能算成功。

在过去，来回传递消息的鸽子被称为携带者，但在这里，指的却是一群胖乎乎的观赏鸟类。如今，携带信息的鸽子被称为信鸽，它们能带着信息回家。信鸽没有漂亮的羽毛，也没有耀眼的装饰，养它们只是为了传递信息，跟流行无关。信鸽要对方向敏感，而且必须能准确无误地找到回家的路。现代科学认为耳朵里的内耳影响着方向感，在所有生物里，信鸽方向感和方位感最敏锐，因为它们耳朵上方都有一个大的凸起，再加上一双灵活的翅膀，轻而易举就能找回家。现在比赛即将开始。

很多人都在焦急地等待，我关上了鸽舍其他的门，只开着一扇，我就站在旁边，打算等第一名到达后马上关上这扇门。

工作人员嘱咐我："它们十二点出发，应该在十二点半到这里。它们到达时，会掀起一股旋风，一定要看清楚是哪只鸽子第一个进鸽舍的。"

所有的人都站在鸽舍里面靠墙的地方，焦急地望着西南方的天空。突然有人喊了一句："看啊，它们回来了！"只见天空里出现一大团白色的云，低低地掠过房顶和烟囱，快速地飞翔着。不到两秒钟，它们就像一朵白云从眼前一闪，耳边响起翅膀呼啦呼啦的震动声，一只鸽子如离弦之箭飞进了鸽舍。我还没做好心理准备，它就飞进来了，翅膀擦了我的脸一下，我没有反应过来，只是呆呆地看着那只鸽子，旁边有人大喊："阿诺克斯！阿诺克斯！早就知道它一定能拿第一。真棒啊，宝贝，才三个月大就赢了比赛！"

阿诺克斯的主人高兴得手舞足蹈，不是为赢了奖金而高兴，而是因为阿诺克斯才三个月大居然就赢得了比赛。

其他人有的坐着，有的跪着，眼巴巴地看着阿诺克斯大口大口地喝水，然后又去了食物那边。

它的主人还在不停地炫耀着："瞧瞧这眼睛，瞧瞧这翅膀，瞧瞧这胸脯，你们都见过吗？哼，这才是上等的信鸽呢！"

那次比赛只有四十只鸽子飞回来了。这很正常，虚弱的鸽子掉队了，愚笨的鸽子迷路了。在没回来的十只鸽子里，有五只当天晚些时候才陆续回来，而另外五只一直没回来。通过这次比赛，养鸽子的人淘汰了差劲的鸽子，达到了改良鸽群血统的目的。

最后回来的是一只笨重的蓝鸽，当时鸽舍里有人喊道："还以为它回不来了呢，没想到真回来了，你看看它笨重的身躯，能回来简直是奇迹。"这只蓝鸽从小就被养在鸽舍里，一出生就活力充沛，长得比其他鸽子快很多，而且大很多，外形也非常漂亮。它似乎看到了自己的优势，所以很早就开始欺负鸽舍的其他鸽子。它的主人对它的期望很高，可是比利却对它的脖子形状、嗉囊大小不太满意，他会边清理鸽舍，边自言自语："身体笨重的鸽子可飞不快呀！腿也太重了，脚根本就无法支撑。"

二

那次比赛之后，每隔一定的时间，信鸽就会举行飞行训练。每次放飞的地方都要增加二十到二十五英里，而且总变换方向，直到它们熟悉了纽约方圆一百五十五英里的地方。这批信鸽已经从开始的五十只减少到二十只，淘汰掉了身体差、意志薄弱的鸽子，也淘汰掉了遇到意外或临时生病的鸽子，还有那些飞行前吃得过饱的鸽子，留下来的鸽子都是一种类型——眼睛亮、翅膀长、胸脯宽——只有这样的鸽子才能达到飞行的高度和速度，天生适合传递消息。它们多半都是白色、蓝色和棕色的鸽子，没有统一的标志，但血统绝对纯正，眼睛清一色的明亮，耳朵都凸出来。

每次比赛和练习，阿诺克斯的表现都是最佳的。现在所有的鸽子都戴着银白色的脚环，在鸽舍里基本上分不出哪只是阿诺克斯。可一飞出去，阿诺克斯就很容易辨认。每次放飞后，阿诺克斯都第一个上路，在高高的天空里飞翔，避开低空的所有障碍，同时可以勘察回家的路。

虽然比利瞧不上那只蓝鸽，但蓝鸽还是成了二十只中的一员。它从来没得过第一，常常晚归，有时能落后好几个小时，不过最后它还是回来了。它的脚上也戴着银白色的脚环。比利看不上它，一直把它和阿诺克斯相比较。但是，那只信鸽主人却说："再看看吧，有时候能撑到最后的鸟才是好鸟，先出头的未必能坚持到最后。"

过了一年，阿诺克斯又创造了新的纪录。在所有的训练中，海上训练最为艰难，因为没有任何地标可以帮助信鸽辨识方向。如果再遇上下雾的天气，那就更难完成了。在没有记忆、视觉和听觉的情况下，只能靠天生的方向感来找路了。但是，恐惧会摧毁天生的方向感，所以一颗勇往直前的心最重要。

为了训练，阿诺克斯和它的两个队友被带上开往欧洲的海轮。本来打算在海面上放飞它们，但临时起了大雾，便取消了这次的训练。正打算把它们送走时，轮船的发动机出了故障，加上海面上的漫天大雾，轮船就像一根木头一样随波逐流，除了鸣笛发出求救信号，什么也做不了。在绝望中，有人想起了那三只信鸽，希望它们能向外求救。

编号2592C的信鸽最先被选中。船员们在一张防水纸上写好求救信，再把纸卷起来绑在它的脚环上，然后把它放飞。它很快消失在海面上。

过了半个小时，蓝鸽2600C也被绑上一封信准备放出去。它刚飞出去，马上就回来了，吓得趴在船的绳索上不肯动弹。它胆子太小了，船员很容易就把它捉回来塞进了笼子里。

最后，第三只鸽子被委以重任，这只个头很小的鸽子，就是阿诺克斯，编号是2590C。船员们不知阿诺克斯的事迹，只是在放它的时候没觉得它心脏跳动过快。阿诺克斯脚上绑着裹了一层防水膜的求救信，信是写给海轮公司的，内容如下：

周二早上十点，我们在距离纽约二百一十英里的海面上，发动机出现故障，船在漂流。请尽快派一艘拖船。我们会发出求救的信号，每隔六十秒鸣长短笛各一次。

船长

阿诺克斯被抛到空中，它先是绕着海轮飞了一圈，然后盘旋着飞入高空，消失在大家的视线里。在浓雾中飞行的阿诺克斯，什么感官也不起作用了，只能依靠自己天生的方向感。它天性如此之强，以至于在飞行过程中，没有一丝一毫的恐惧。它的飞行就像指南针一般准确，坚定地朝着回家的路飞去。

经过四小时四十分钟，阿诺克斯飞越了二百一十英里的海面，回到它出生的鸽舍。这个纪录被信鸽俱乐部记载到了史册里。俱乐部的权威人士还亲自在阿诺克斯的白色翅膀上，用不褪色的墨水写上了这次的数字编号。

而放飞的第一只信鸽始终没有回来，第二只蓝鸽则乘船平安地归来了。

三

这是阿诺克斯第一次的公开纪录，之后它又创造了很多的佳绩。在那个鸽舍里，以阿诺克斯为中心，出现过好几幕神奇的场景。

有一天，鸽舍的门口来了一辆马车，一位白发苍苍的绅士下了车，走进鸽舍里，跟比利在鸽舍待了一个下午。他不停地透过金丝眼镜盯着远处的天空，在焦急地等待着什么。

从距离鸽舍不到四十英里的地方，会有消息传来，这个消息决定着这位绅士事业的成败。发电报的话，翻译电报和接收手续就得花两个小时，而一流的信鸽远比这个速度要快。要是能等来好消息，什么都值了。拥有七次伟大纪录的阿诺克斯，被选中去完成此次任务。漫长的两个小时过去后，阿诺克斯像流星一般钻进了鸽舍，比利马上关上了鸽舍的门，熟练地剪断系着信的线，把信递给那位绅士。他脸色发白，双手颤抖着打开了信，看了一眼，脸上的乌云顿时散开，说了句："谢天谢地！这下可得救了。"然后，他飞快地离开鸽舍，赶去开银行的董事会议了。阿诺克斯挽救了他的事业，后来他为了表示感谢，想买下阿诺克斯，比利却不同意。比利说："你买了一只信鸽，只会让它待在笼子里，把它困住，也得不到它的心，这又何苦呢？再没有比自己从小长大的家更让它眷恋了。"于是他打消了这个念头，阿诺克斯就留在了奥尔巴尼十九大街的鸽舍里。

然而，这个世界上有很多可恶的人，专门猎杀信鸽，好多带着信件的信鸽在飞行途中就被这些人给射下来，做成了肉饼。这些人认为这是一种游戏，丝毫没有罪恶感。阿诺克斯的兄弟阿诺夫也有三次出色的成绩，不过还是死在了这些人手中。那次它帮医生传达急诊的信件，在途中被射下来。凶手看到了它脚上的白色脚环，还有那封信，良心发现，就把它们都送到了信鸽俱乐部，宣称是自己无意中发现的。阿诺夫的主人闻讯赶来，一再追问他，他崩溃了，于是承认了，但推说是因为窘迫的邻居生病了，想吃鸽肉，由此他才射杀了鸽子。

阿诺夫的主人听了十分气愤，悲痛地说："我的阿诺夫曾经救过两个人，送过二十几次生死存亡的信息，这次也是为了救人治病才送的信，你居然为了吃鸽肉就射死了它！我本来可以惩罚你，但我不想报复你。要是你的邻居想吃鸽肉，我们可以免费提供给他用来食用的肉鸽，请千万别再射杀信鸽！"

这件事传开后，银行家出于对信鸽的爱护，四处活动，最终促成了奥尔巴尼市信鸽保护法的诞生。

四

比利从来不喜欢蓝鸽，觉得它是一只胆怯的信鸽，海轮上的那次事件就是最好的证明。实际上，蓝鸽还是个以强凌弱的恶霸。

某一天早晨，比利走进鸽舍，发现有两只鸽子正在吵闹，一只大鸽子和一只小鸽子在地板上纠缠不休，羽毛和灰尘乱飞。比利赶忙上去把它们分开，原来是阿诺克斯和蓝鸽。阿诺克斯虽然个子小，但在这场争斗中，却没有吃亏。它们为了一只血统高贵的漂亮小母鸽子大打出手，蓝鸽仗着自己体型庞大，和阿诺克斯展开了殊死搏斗。最后比利拉开了它们，虽然他明显偏向阿诺克斯，但也没有拧断蓝鸽的脖子，还保留了它的脚环。

鸽子的婚姻大事跟人类差不多，首先也得培养好感，把两只鸽子关到一起，让它们多多接触，这样才能水到渠成地在一起。比利把阿诺克斯和那位漂亮小姐锁在了一起，让它们在单独的房间里待了两周。同时，他也给蓝鸽找了女朋友，把那一对也锁在房间里待了两周。

果然，小母鸽看中了阿诺克斯，蓝鸽的女朋友也很满意蓝鸽。于是两个小家庭组建起来，开始了各自的生活。

然而，蓝鸽体型健硕，外形也不差，总是吹出自己的嗉囊在阳光下来回踱步，还把脖子周围的羽毛竖起来，像彩虹一样，牢牢地吸引了母鸽子们的视线。反观阿诺克斯，不但长得小，眼睛亮，外观上没有可取之处，而且总是因为有重要任务不在鸽舍，不像蓝鸽，天天在鸽舍里展示自己中看不中用的翅膀。

这样一来二去，阿诺克斯的妻子被蓝鸽打动了，每当阿诺克斯出任务时，蓝鸽就到它们的鸽舍与小母鸽子幽会。虽然鸽子这种动物对婚姻比较忠实，但总会有例外。

一天，阿诺克斯从波士顿回来，发现蓝鸽在自己的鸽巢里，霸占了自己的妻子。然后阿诺克斯就动手了，两只鸽子用翅膀展开了你死我活的争斗，最后以阿诺克斯的失败而告终，因为它和蓝鸽体型相差太悬殊了，只凭热情和意志无法弥补先天的缺憾。幸好比利及时赶到，要不然阿诺克斯就被杀死了。比利气得想拧断蓝鸽的脖子，但它及时逃脱了。经过将近一周的精心呵护，阿诺克斯痊愈了。它原谅了自己的妻子，又像从前一样待在自己的鸽巢里，过着平静的日子。那一个月，阿诺克斯创造了两项新纪录。一次是在八分钟内带回了十英里外的消息，另一次是从波士顿回来仅花了四个小时。它对回家的热情和渴望，促使着它不停地前进。很不幸，它这次回家，又发现它的妻子和蓝鸽共处一室。阿诺克斯虽然满身疲惫，但还是扑上前，和蓝鸽拼命。这一次也是由于比利的发现，挽救了它的性命。比利分开这两只鸽子，把蓝鸽锁进了笼子里，打算用某种方法解决掉它。

虽然发生了这样的事，阿诺克斯还得参加一场

信鸽与比赛

在信鸽比赛中，按赛程可分为中短程鸽、长程鸽和超长程鸽。为了提高赛鸽的归巢性能和飞翔性能，必须选好种鸽并进行科学的饲养管理与训练。挑选赛鸽的标准为骨骼发达而有力，羽毛紧密坚挺而富光泽，肌肤结实而有弹性，翅翼宽大，眼睛色彩明亮，更重要的是血统优良。

比赛。比利在六个月前，就给它报名参加从芝加哥到纽约的比赛，飞行距离有九百英里。参赛的所有信鸽用火车送到芝加哥，然后分时间段陆续放飞。比赛刚开始时，阿诺克斯落后了。那些先被放飞的鸽子，在芝加哥外面组成了一个群体，依照相同的路线飞行。信鸽在飞行时，喜欢飞直线，在一条熟悉的路线之间往返，它会按脑子里的路标飞行。它们都知道回家的最佳路线，阿诺克斯也不例外。阿诺克斯用那双有力的翅膀飞翔着，没多久就赶上了其他的信鸽，并很快领先了好几英里。它在十二个小时里飞行了六百英里，飞到了傍晚时分，它开始觉得口渴，迫切地想要喝水。飞过城市上空时，它看到了一个鸽舍，绕了几圈从空中降落，跟其他的鸽子一起进了鸽舍，看到水槽，就拼命地喝水。这种情况非常正常，鸽舍主人常常款待那些信鸽。不过，这次阿诺克斯没那么走运，它展开翅膀时，被鸽舍的主人看到了一连串的纪录，就起了歹心，把鸽舍的门关了起来。

鸽舍的主人打量着阿诺克斯的翅膀，一条一条地读着阿诺克斯的纪录，当他看到阿诺克斯的银色脚环上的名字和编号时，高兴地说："阿诺克斯！阿诺克斯！原来你就是阿诺克斯啊，太好了，这下落在我手里了，太开心了！"他把阿诺克斯携带的信剪下来，展开一看："今天早上四点离开芝加哥去往纽约，正在参加比赛。"

"十二个小时飞了六百英里！真是太厉害了，肯定创造了新纪录！"他感叹着，然后把阿诺克斯放进了笼子里，心里打起了自己的小算盘，准备用阿诺克斯来配种，培育优秀的下一代。

阿诺克斯被关进了一个舒适的大鸽舍，为它提供了一切保证安全和享受的东西。阿诺克斯被关了三个月，在铁丝网前也扑腾了三个月，想找到回家的方法，可惜没有用处。到第四个月，它也不闹了，鸽舍主人放入一只母鸽子，但是阿诺克斯不满意，老找母鸽子的碴儿，鸽舍主人只能带走母鸽子。

过了一个月，鸽舍主人又放进来一只母鸽子，结果还是一样。在此后的一年里，鸽舍主人放了无数只母鸽子，都遭到了阿诺克斯的抵制，不仅不理睬那些母鸽子，还常常在铁丝网前疯狂地扑腾。

到了换毛的时候，鸽舍主人就把阿诺克斯掉落的羽毛收集起来，等新羽毛长出来后，就在新羽毛上复制那些令人赞叹的纪录。

就这样过去了两年，鸽舍主人把阿诺克斯放进了一个新的鸽舍，并且带来了一只母鸽子，这只跟阿诺克斯之前的妻子非常相像，阿诺克斯有点儿动心了，很快就开始准备筑巢。鸽舍主人觉得阿诺克斯找到了另一半，应该打消了想要回家的念头，于是就打开鸽舍的大门，放它自由。门一开，阿诺克斯没有一丝犹豫，像箭一样冲出去。在天空中，展开它那满是纪录的翅膀，越飞越高，越飞越远。

五

我们无法得知阿诺克斯的内心，也可能会错误地猜测它内心深处对家的热爱。但有一点是所有人都赞成的，那就是它那强烈的恋家之情，这种感情是天生的，并且经过人类的培养，充分体现在了它身上。无论它走到何处，无论它离家多久，只要它还有一口气，就会朝着家的方向飞翔，家是它力量的源泉和坚定的支持。

回家，回到那甜蜜的家，阿诺克斯自始至终就一个想法。在它的天性里，有一个能够支配一切行动的念头，这种念头让它忘了所有的挫折和苦难。被锁了两年，即便后来有了两情相悦的爱人，这种念头仍然存在。要是阿诺克斯会唱歌，它一定会引吭高歌，表达自己的喜悦。当它冲出鸽舍，自由自在地飞翔，唯一的动力就是那双翅膀带来的自由，彻底的自由。

阿诺克斯盘旋在高空中，张开那满是纪录的翅膀，向家的方向飞去。回家啦！回家啦！只要能回家，一切的磨难都被抛到脑后。它从南方往东南方飞去，在树梢上空一千英尺的地方急速前进，翅膀发出沙沙的声响。鸽舍的主人看着阿诺克斯慢慢消失的翅膀，突然明白过来，信鸽对家的渴望有多么强烈。

一列火车正冒着蒸汽，从山谷中穿过，很快阿诺克斯就追上了它。阿诺克斯掠过一座又一座的山谷，一片又一片的松林，疾速地飞行着。

一只老鹰盘旋在橡树林中，它已经注意阿诺克斯很久了，准备拿它打打牙祭。阿诺克斯看到了老鹰，既没有改变方向，也没有改变高度，更没有停下扇动自己的翅膀。老鹰埋伏在山谷里，阿诺克斯闪电般地从老鹰身边飞过，在老鹰还没反应过来时就飞远了。

拼命飞，一直飞，阿诺克斯终于来到了自己熟悉的路上。一小时后，到达了卡茨基尔。又过了一个小时，已经来到家的上空。看到熟悉的地方，阿诺克斯仿佛充满了力量。心里一直想着回家，回家，就像又饿又渴的人看到不远处的棕榈树，阿诺克斯的眼睛似乎看到了曼哈顿上空的烟雾。

这时，一只猎鹰从山顶飞下来。在所有的动物里，猎鹰最为敏锐，力量巨大，臂膀结实，还没有动物能够逃脱它的魔爪。它看到了阿诺克斯，飞快地冲过来，然而阿诺克斯并没有停下，也没有绕道，要回家的想法让它加快了速度，从猎鹰眼前飞速掠过。猎鹰只看到一闪而过的白色影子，无功而返。

现在，阿诺克斯沿着哈德逊山谷下来，飞到了海面上。它已经两年没从这里飞过了，正午的微风从北边吹来，海面波光粼粼，它飞得不高。没一会儿，就来到了大蜘蛛桥，起风了，它继续沿着海岸低空飞行。

六月里，居然有人埋伏在那座山谷里，盯着低空飞翔的阿诺克斯。阿诺克斯飞得如此之低，以至于那个人一开枪就击中了它的身体。阿诺克斯受伤了，身上写有非凡纪录的羽毛飘落到地上，但它没有掉下来，还在继续飞行。它朝着家的方向，一直飞行，速度却越来越慢。每一次飞行，翅膀都牵扯到被击中的地方，疼痛的感觉传遍全身。此刻它只有一个念头，那就是回家，这股力量支撑着它继续前进。

在泽西岛的帕利塞德悬崖下，有许多鹰巢，以前好多信鸽就倒在了这些鹰巢里。阿诺克斯掠过水面，穿过丛林，来到了这些鹰巢附近。过去它曾经跟那些老鹰对峙过，这次它也会勇敢地面对它们，不改变方向，也不改变高度，继续前进。然而，拖着被击中的身体，它的飞行速度已经避不开老鹰了，那些老鹰像弓箭一样射出来，闪电般地抓住了虚弱的阿诺克斯，把它带回鹰巢。阿诺克斯一瞬间就被撕碎，成了老鹰们的美食。它那双记录着无数佳绩的翅膀被撕得零零落落，散布在各个角落。直到猎人杀了这些老鹰，并找到了鹰巢，才有人找到一个银色的脚环，上面写着：阿诺克斯，2590C。

02

红脖子松鸡

扫描二维码
听导读

一

母松鸡带着它的孩子们走下山坡，往清澈见底的小溪走去。不知何故，这条小溪被人取名“泥巴溪”。小松鸡们刚刚出生一天，就已经跑得飞快了，这是妈妈第一次带它们出来喝水。

母松鸡走得缓慢，而且总把身体弯得很低，因为森林里四处都是敌人。它正发出轻柔的咯咯声，呼唤着那些毛茸茸的小家伙们。它们拖着粉嘟嘟的小腿，走得踉踉跄跄，稍微一落后，就吱吱地叫个不停。它们看上去非常的弱小，连山雀都比它们魁梧雄壮。这一窝有十二只小松鸡，母松鸡时刻注意它们，另外还盯着每片灌木丛、每棵树，还有整个森林和天空。它总是在寻找敌人，因为朋友太少了，也不用找。然后它发现了一个敌人。在海狸草地的那一头，一只凶狠的狐狸正在向它们走过来，不一会儿就能发现它们的位置并找上门来。还是抓紧时间吧。

松鸡

体结实，喙短，呈圆锥形，适于啄食植物种子；翼短圆，不善飞；脚强健，具锐爪，善于行走和掘地寻食；鼻孔和脚均有被羽，以适应严寒。雄性羽色鲜艳，巨大的肉冠和美丽的羽毛。

“咯咯！咯咯！”（快躲起来！快躲起来！）母松鸡发出低沉而坚定的叫声，那些刚出生一天的小家伙迅速散开，躲藏起来。一只躲进了叶子底下，一只躲到了两个树根中间，第三只爬进了卷起来的桦树皮里，第四只钻进了洞里，其他的也都找好了位置，就剩最后一只还没找到藏身的位置。它索性就趴在一片宽宽的黄色叶子上，贴着叶面趴好，然后闭上了眼睛，以为这样就不会被发现了。所有的小松鸡都停止了叫唤，全安静下来。

母松鸡向那只可怕的野兽跑去，在距离它几米的地方停住了，然后扑倒在地，好像撞伤了翅膀和大腿。哎呀，这下可瘸了，伤得不轻，它可怜兮兮地叫唤着，就像只小狗。它是在祈求同情吗？是在向那只残暴嗜血的野兽求饶吗？哦，才不是呢！它可不是笨蛋。都说狐狸狡猾奸诈，跟松鸡一比，简直愚蠢到家了。狐狸看着送上门的大餐，得意忘形，转身一扑，居然没有抓到。母松鸡一个踉跄，躲开了一英尺。狐狸又向前扑去，以为这次十拿九稳呢，谁知竟被一棵小树挡住了。松鸡笨拙地拖着身体往一根木头下面躲，狐狸把牙咬得咯吱咯吱响，一下子跳到木头上。松鸡好像好多了，向前一跳，从土坡上滚下去。狐狸紧紧地跟着，差点儿抓到它的尾巴。奇怪的是，无论狐狸多快，松鸡总比它更快一步。一只翅膀受伤的松鸡，竟然让一只敏捷的狐狸追了五分钟都没追上！真是太丢人了！狐狸加快脚步追赶，松鸡跑得更快。在追逐了四分之一英里后，松鸡的翅膀竟然痊愈了，呼哧就飞进了森林，把狐狸留在了身后。慢慢反应过来的狐狸才知道，自己被愚弄了，这已经不是它第一次上当受骗了，它一直搞不清楚其中的原因。

与此同时，母松鸡绕了一大圈又回到了林子里，回到了孩子们身边。野禽对地点有着惊人的记忆力，所以它刚好回到了之前落脚的那片草叶上，站在那里，慈祥地看着孩子们的动向。小家伙们听

到它的脚步声，也没敢动弹，继续安静地躲藏着。就连趴在黄色叶子上的那只也纹丝不动，只是把眼睛闭得更紧了。直到妈妈呼唤它们：“咯——噜！”（孩子们，快过来！）

转眼间，小家伙们都出来了。趴在叶子上的那个小家伙是它们中间最大的，努力睁大它的小眼睛，跑到妈妈尾巴下面“啾啾”地撒着娇。这样的声音敌人在一米之外是听不见的，而母松鸡在三米之外都听得清楚。其他小毛球也都撒起娇来，别提有多高兴了。

这时候，天气已经热起来了。去喝水的路上还要经过一片空地，母松鸡小心谨慎地确认了周围没有敌人，就把小家伙们集中到自己打开的尾巴底下，以免它们被太阳晒伤，直到走进溪边的灌木丛里。

一只棉尾兔突然跳了出来，可把它们吓了一跳。不过看它一副平和的模样，母松鸡就放心了，这是一个老朋友。那天，小家伙们又学到一点，兔子能和它们和平共处，互不干涉。

然后小家伙们开始喝水，再没有比这条小溪更清澈的水了，虽然有些傻瓜叫它“泥巴溪”。

开始时，小家伙们都不知道怎么喝水，看过妈妈的样子后，就学会了喝水，而且每喝一口都要表示感谢。它们在小溪边排成一排，只见二十四只粉嘟嘟的小爪子上面，有十二个或金色或棕色的毛球脑袋，正在严肃地低头喝水，边喝边感恩，就像妈妈做的一样。

喝完水后，母松鸡继续展开自己的尾巴，护着小松鸡，抄小道来到海狸草地的另一头，那儿有一个长满青草的大土坡。母松鸡很早之前就注意到这个土坡了。要养活一窝小松鸡，需要有好几个这样的大土坡。这是蚂蚁的老窝。母松鸡跳上去，向四周望望，然后用爪子刨了几下，蚂蚁窝被刨开了，用土搭建的蚁道崩塌，顺着斜坡滚下去。成群的蚂蚁涌出来，慌乱中挤成一团。有些蚂蚁毫无目的地绕着老窝打转，有些蚂蚁则忙着转移它们的蚂蚁卵。母松鸡来到小松鸡面前，叼起一个肥美的蚂蚁卵，咯咯地叫几声，丢出来，又捡回去，再叫再丢，就这样反复了好几次，最后一口吞下去。小松鸡站在旁边，有一只黄色的小家伙，也就是趴在叶子上的那一只，也叼起了一个蚂蚁卵，丢几次，猛地咽下去。它也学会了吃东西，很快，所有的小松鸡都学会怎么吃了。母松鸡刨了好多蚁道，让小松鸡吃得肚子鼓鼓的，再也咽不下去。

之后，它们一起朝小溪上游走去，最后来到一片被荆棘覆盖的沙滩上，在那里躺了一个下午，惬意地享受着细细的沙子钻进脚里的感觉。它们模仿妈妈的动作，一会儿侧身躺着，一会儿用小爪子挠痒痒，一会儿扑腾翅膀——虽然它们的翅膀还没长出来，只是在身体两侧有毛茸茸的凸起，那就是以后翅膀长出来的地方。那天晚上，母松鸡又带着小松鸡去了附近的干燥灌木丛。那里的荆棘交叉生长，能阻挡敌人，枯枝落叶能在敌人靠近时发出警报。母松鸡用羽毛搭成小小的窝，看着孩子们相互依偎，睡在它身旁，内心充满了母亲的喜悦。

二

到了第三天，小松鸡就能站稳了。遇到橡果，它们不再绕着走了，还能从上面爬过去。在身体两侧的凸起，也就是以后长翅膀的地方，能看到青紫色的血管了。

它们生命的初始就有一个好妈妈、两条结实的腿、一些可信赖的天性，以及理性的萌芽。天性让它们听妈妈的命令后躲藏起来，天性也让它们紧跟着妈妈走。然而，当太阳晒到身上，是理性促使它们躲到妈妈的尾巴下面。从出生开始，理性就越来越多地渗透进它们的生活。

第四天时，身体两侧的凸起已经长出了羽毛尖儿。第五天，翅膀的羽毛全长出来了。一周以后，浑身毛茸茸的小松鸡翅膀都长结实了。

只有一只小松鸡与众不同，一出生就很瘦小，它破壳后花了好几个小时才完全摆脱蛋壳。跟其他兄弟比，它跑得少，叫得多。有天晚上，有只臭鼬攻击它们，妈妈发出快跑的命令，它落在了后面。等到妈妈重新召集小松鸡时，它消失了，之后再也没出现。

之后，它们继续学习。它们学到一些小常识：小溪边长长的草丛里有最好的蚱蜢，醋栗灌木丛里有滑溜溜的绿虫子，非常美味；远处树林耸立的蚁巢是它们的粮仓，草莓不是昆虫，但也一样好吃；蝴蝶味道不错，就是不容易抓到，枯树上掉下来的树皮里一定有好东西；不要去碰黄蜂、毛毛虫和蜈蚣之类的虫子；等等。

到了七月，各种浆果成熟。这一个月里，小松鸡飞快地成长，个头高了很多，妈妈只有整夜地站立才能把它们护在尾巴下。

它们每天都要用沙子洗澡，近来换到了山上更高的沙地上。好多鸟也在那里洗澡。母松鸡最初不愿意去这样的“公共浴场”，可是那里的沙子又细又软，孩子们玩得很开心，它就改变了主意。

又过了两个星期，小松鸡们变得萎靡不振，母松鸡也觉得不太舒服。虽然它们食量很大，但总感觉饿，而且越来越瘦。母松鸡是最后被传染的。这种病发作时，会发烧、头痛、身体虚弱，并伴有饥饿感。它搞不清楚原因。它也不知道“公共浴场”的沙土里长满了寄生虫，它的本能让它在开始时质疑这片沙土，但是后来还是带孩子们去了，竟让全家人都感染上这个病。

自然界的天性都是有道理的。母松鸡治病的方法也都源于天性。它急于寻找某种东西，它也不知道是什么东西，但总想去试试所有能吃的东西，为此它来到了最凉爽的森林里。在那里，它看到一棵长满毒果子的漆树。

一个月前，它不会注意这棵树，可是现在它却尝了一下。火辣辣的果子居然抚慰了它的心，它不停地吃啊吃，也让孩子们吃了很多。人类的医生可能都开不出这么好的药，原来这是一种烈性的泻药，完全扫除了身体里的病毒。不过，不是所有的小松鸡都脱离了危险，大自然的治疗没能救回其中的四只。药性太猛，它们虚弱的身体受不了，它们喝了大量的溪水，第二天早上其他小松鸡都跟着妈妈出去了，只有这四只一动不动。不过，它们也为自己的兄弟报了仇，那只把自己兄弟害死的臭鼬吃了它们的尸体也中毒而死。

剩下的几只小松鸡非常听话，它们很早就显露出自己的个性，成长得很快。弱小的松鸡已经死了，现在活着的里面，有一只小懒虫，还有一只小笨蛋。母松鸡给予它们所有的爱，在所有的孩子里，它最喜欢那只趴在黄叶子上的小家伙。这只小家伙不仅个头高，身体壮，模样俊，最重要的是最听话。每次妈妈发出危险的警报时，并不一定能让所有的小家伙都避开危险的小路或者可疑的食物，只有它乖乖地听从指挥。它听话的优点也让它获得了丰厚的回报，后来它成为这一带活得最久的松鸡。

八月正是松鸡换毛的时候，小松鸡已经有成年松鸡的四分之三大了。它们掌握了一些本领，这让它们自以为是。小时候，它们睡在地上，好让妈妈保护它们，现在长大了，也该适应成年松鸡在树上栖息的习惯了。这个季节，黄鼠狼、狐狸、臭鼬和水貂满地乱窜。在地面过夜越来越不安全，所以每次太阳下山时，母松鸡就“嘎哩嘎哩”地叫着，飞到一棵浓密的矮树上。

小家伙们也跟着飞上去了，只有那只小笨蛋不愿意改变，坚持睡在地上。当天晚上平安度过。到了第二天晚上，它的尖叫声吵醒了大家。一开始是微弱的拍打声，然后是一片沉默，之后就是嘎吱嘎吱咬骨头和吧唧嘴的声音。树上的小松鸡偷偷地看着下面的黑暗之处，看见有两只距离很近的眼睛闪着光，还有一种独特的霉味儿，一切的证据都指向水貂。

剩下的六只小松鸡现在夜里排成一排，蹲在树枝上，中间是它们的妈妈。小家伙们时常把冰凉的爪子放到妈妈的背上。

它们的训练还在继续进行，这次学习的内容是“扑扇扑扇飞”。松鸡可以在不发出任何声响的情况下飞翔，起飞的时间和方式非常重要。母松鸡要教它们什么时候飞，以及如何扇动翅膀扑扇扑扇地飞。扑扇声可以向附近的松鸡发出危险警告，也可以唬住猎人，或者吸引猎人的注意，让别的松鸡可以偷偷溜走或者蹲下躲开敌人的视线。

松鸡中流行的一句格言是这样说的：“每个月的敌人和食物都不一样。”到了九月，种子和谷物取代了浆果和蚂蚁卵，敌人也从臭鼬和水貂变成了猎人。

松鸡对狐狸了如指掌，但对狗就知之甚少。它们可以轻松地对付狐狸，飞上树就能摆脱危险。在猎人活动的月份，老卡迪带着他那只短尾黄狗在山谷里转悠，母松鸡看到猎狗，就发出“咯噜特！咯噜特！”（赶快飞！赶快飞！）的警告，两只小松鸡错认为那是狐狸来了，不足畏惧，反而炫耀自己的胆量，罔顾妈妈的呼唤，跳到一棵树上。

这时候，黄狗蹿到了树下，冲它们使劲儿地吠叫。它们没觉得有多可怕，反而嘲笑起妈妈和其他兄弟来了，压根儿没有注意到灌木丛那边传来的沙沙声，然后“砰砰”两声枪响，两只血肉模糊的小松鸡从树上掉下来，正好被下面的黄狗接到，撕咬一通，直到猎人从灌木丛里出来，抢走了剩下的残骸。

三

老卡迪住在多伦多北部唐河附近的一个破旧小木屋里。他的生活就如古希腊哲学家描述的一般，没有财产，不用纳税，不被名利所累，也没有可供别人谈论的资产。他每天也不做什么事，就出去玩耍，而且尽是去他喜欢的野外。他称自己为真正的运动家，因为他爱好打猎，当他开枪射击时，看到猎物掉落的样子，就很开心。邻居们称他是爱占便宜的人，把他当作是有固定住所的流浪汉。他一整年都在开枪打猎，随着季节的变化，捕猎不同的动物，即使不看月历，也能凭着“松鸡的味道”来判断月份。他有敏锐的观察力，可是人们不太相信他。每年九月十五日，可以开始合法捕猎松鸡。不过老卡迪往往提前两个星期出发，居然每年都能逃过处罚，他甚至还想为此接受报纸的采访，做一回专访。

他不喜欢向飞行的鸟类开枪，喜欢向栖息在树上的鸟儿开枪，虽然树上还有茂密的叶子，想打中也不容易。所以山谷里的那窝松鸡一直活着。很快，其他猎人就会找到它们，老卡迪决定马上去追踪它们。当母松鸡带领剩下的四只小松鸡飞走时，他也没听到声音，于是就把已经打死的那两只小松鸡装好，回到了自己的小木屋。

有了这件事，小松鸡就明白了，狗不是狐狸，必须区别对待，也更深刻地明白了那句古谚语：“听话才能活命。”

在九月剩下的日子里，小松鸡们安静地躲避着敌人和猎人。它们栖息在阔叶树的细长树枝上。树叶浓密，而且远离地面，不仅可以防御空中的敌人，还不必担心浣熊的骚扰。因为浣熊一上树，就会发出笨重的踩踏声。到了落叶的时候，每个月的敌人和食物都不一样。这个月是干果成熟的季节，也是猫头鹰泛滥的时候。从北方飞来的斑纹林鸮，扩展了猫头鹰的队伍。晚上越来越冷，浣熊不再那么危险了，母松鸡就把栖息地转移到一棵枝繁叶茂的铁杉树上。

有一只小松鸡对妈妈的转移十分不满，不肯离开枝叶都掉光的阔叶树，天还没亮，就被一只黄眼睛的猫头鹰叼走了。

现在就剩下母松鸡和三只小松鸡了。小松鸡也都长得跟妈妈一样了，那只趴在黄色叶子上的小松鸡更加高大了。它脖子周围有一圈毛，现在只是小小的尖儿，以后就会长成让松鸡骄傲的环颈羽。

松鸡的环颈羽就像孔雀的尾巴一样，是身体最漂亮的部分。母松鸡的环颈羽呈现黑色，还带有绿色的光泽；公松鸡的环颈羽则又大又黑，闪耀着深绿色的光泽。偶尔也会有一只松鸡出类拔萃，环颈羽更多更密，在独特的明暗对比下，呈现深邃的红铜色，还闪着紫色、绿色和金色的光芒，就像一道彩虹。这样的松鸡一定会引起人们的赞叹。在橡果月快要过去的时候，那只个头大的小松鸡长出了红铜色的环颈羽，变成了红脖子——唐河河谷最负盛名的松鸡。

四

到了橡果月的最后几天，大概是十月中旬的时候，当松鸡一家在海狸草地的一棵大松木旁边晒太阳时，它们听到了远处传来的枪声，红脖子出于某种冲动，跳到一根木头上，抬头挺胸地上蹿下跳。它沉浸在风和日丽的天空中，把翅膀拍得扑扇扑扇地响，拼命地展现着自己充沛的体力。很快，它发现自己拍翅膀的声音就像打鼓一样，看到自己居然有这样强大的力量，它不禁喜上眉头，一而再再而三地拍打翅膀，直到附近的森林里全都传来它拍翅膀的回响。它的兄弟姐妹听到后，非常羡慕地在旁边观看，妈妈也目不转睛地看着它，从此之后，妈妈有点儿畏惧它了。

十一月初，奇怪的事情发生了。按照大自然的法则，所有的松鸡在出生后的那个十一月都会变得疯狂。它们着了魔似的想出去闯闯，究竟去哪里倒无所谓。在此期间，即便最聪明的松鸡也会做点儿傻事。每到晚上，它们就在这一片乱飞，要么被电线截成两半，要么冲进灯塔，要么撞到火车头的前灯上。到了白天，人们可以在各种不可思议的地方看到它们的尸体：大楼里、空旷的沼泽地里、电缆上，或者在航行的甲板上。这种癫狂好像是它们过去迁

海狸

海狸就是河狸，河狸是啮齿目中最大的中型水陆两栖兽类。它体型肥壮，头短而钝、眼小、耳小及颈短。门齿锋利，咬肌尤为发达，一棵直径40厘米的树只需2小时就能咬断。前肢短宽，无前蹼，后肢粗大，趾间具全蹼，并有搔痒趾。海狸栖息在寒温带针叶林和针阔混交林林缘的河边，穴居。

徙习惯留下的后遗症，不过它有一样是好的，把家庭成员分隔开，避免了因种族的近亲交配而带来的灭顶之灾。第一年时，小松鸡超级疯狂；到第二年时，它可能再犯；到第三年，就没有关系了。

当葡萄开始变黑、枫叶开始飘落时，母松鸡就知道，小松鸡们快发病了。对此，它无可奈何，只能照顾好它们，让它们待在森林里最安静的角落。

一群大雁从小松鸡的头顶向南方飞去，小松鸡开始出现疯狂的征兆。它们没见过脖子这么长的鹰，所以非常害怕。不过看到妈妈没有反应，也就鼓起勇气看着大雁了。是被那狂野的叫声感染了？还是无法克制它们心中的激情？它们急切地想追随大雁的脚步。看着大雁越飞越远，它们就飞到更高的地方，看着大雁慢慢消失。之后，情况完全不同了。十一月的月亮慢慢变圆，到了满月时，它们的疯狂就达到了极点。

家里最弱小的松鸡首先开始发作。家庭成员四分五裂。红脖子也乱飞了好几个晚上。本能一直让它向南飞，飞到了茫茫的安大略湖，然后再飞回来。十一月结束的时候，它回到了泥巴溪，但它的兄弟姐妹和妈妈再也没回来。

五

很快就到了冬天，食物开始匮乏起来。红脖子始终待在原来的峡谷，守在泰勒山长满松树的斜坡上。每个月的敌人和食物都不一样。发疯的月份是葡萄，下雪的月份是野玫瑰果，暴风雪的月份是白桦的嫩芽，不过嫩芽被冻在风雪里，很难被啄开。红脖子因为总是干这样的“累活”，损坏了自己的喙，即便闭起来，尖钩后面还是有一条缝。还好，大自然为它做好了防滑的准备，九月时它的脚趾还很细长光滑，到了这时居然长出了又尖又粗的凸起，随着天气的变冷，这些凸起越来越多，越来越硬。到下第一场雪时，它已经有了“雪鞋”和“冰鞋”。严寒的天气也赶走了多数的老鹰和猫头鹰，更使四个脚的敌人偷袭它成为不可能。这样说起来，还算不错。

为了寻找食物，它越飞越远；有一天飞到了法兰克城堡，那里有两岸长满白桦树的玫瑰河谷，附近生长着葡萄和浆果，还有切斯特森林里来回摇曳的成串果子，以及在雪中闪闪发亮的白珠果。

它很快发现，这一带没有猎人。于是它决定住下来，不断地找新地方和新事物。它一天比一天聪明，一天比一天漂亮。

现在它孑然一身，但也不太难过，无论飞到哪儿，它都能看到欢快的山雀在抢食，每当此时，它就想起小时候把山雀看得何等的高大威武。山雀是森林里最快乐的动物，秋天还没结束，就热烈地唱着《春之歌》。它们会一直唱着，并伴随它们度过暴风雪。到饥饿的二月来临时，它们更加激昂地唱着这首歌，向全世界展示它们的欢乐。不久之后，太阳越来越大，法兰克城堡南边的积雪消融，露出满坡芬芳的绿草，那里的浆果成了红脖子的大餐，从此告别了用喙咬出嫩芽的辛苦工作，它的嘴可以好好休息了。没过多久，一只蓝色的鸟飞回来了，边飞边柔柔地唱着“春天来了”。日头越来越暖和，三月的某一天，传来了嘹亮的“呱呱”声，那是乌鸦首领银斑儿的叫声，它带着乌鸦群从南方飞回来了，正式宣布了春天的到来。

大自然复苏，新一年开始了。鸟类激动万分，山雀还是那么欢快，不停地唱着：“春天来了！春天来了！春天来了！”这真让人纳闷，它们哪有时间找食物呢！

红脖子也兴奋起来，跳到一个树桩上，不停地拍打翅膀，有节奏的打鼓声在山谷间回荡，表达它对春天到来的喜悦。

老卡迪的小木屋就在山谷下面。每天早上都会传来阵阵的打鼓声，他知道是公松鸡在叫唤，然后就拿着枪偷偷跑进山谷。不过红脖子已经飞走了，一口气飞到泥巴溪才停下来休息。它飞上第一次拍打翅膀的地方，反复地发出打鼓的声音。有个小男孩抄小道去磨坊，听到了这个声音，吓了一跳，赶紧回家告诉妈妈印第安人要打仗了，因为他听见山谷里有敲战鼓的声音。

为什么快乐的男孩会害怕？为什么孤独的青年会叹息？他们自己都不知道，就像红脖子不知道自己为什么不停地拍打翅膀一样，它还为炫耀它那美丽的环颈羽趾高气扬地走来走去，然后再拍打翅膀。为什么要让人家来欣赏自己的羽毛呢？为什么之前从来没有过这个念头呢？

咚咚，咚咚，轰隆轰隆。

咚咚，咚咚，轰隆轰隆。

它一次又一次地发出这种声音。

红脖子每天都去自己最喜欢的那个木桩。它长出了玫瑰色的冠羽，笨拙的“雪鞋”也脱落下来。它的环颈羽愈发漂亮，眼睛愈发有神采，阳光之下，它是那么的华美壮丽。可惜，它还是如此的孤单。

每天除了徒劳而盲目地拍打翅膀，它还能做什么呢？不知不觉到了五月，延龄草用银白色的星星将自己装饰一新。某一天，红脖子继续拍打翅膀，发出打鼓的声音，敏锐的耳朵突然听到一丝声响，灌木丛里传来轻柔的脚步声。它扭过头，目不转睛地盯着灌木丛看，有个东西也在看着它。这可能吗？是的！那个身影是一只娇小害羞的松鸡小姐。它立即来到小姐的身旁，心里本能地燃起一把火，而眼前正是一汪清泉。它应该如何展示它那身华丽的衣裳呢？它怎么知道这样做可以取悦松鸡小姐呢？它抖动着自己的羽毛，在阳光下挺拔地走来走去，同时还发出温柔的声音，像是说着某种动人的情话，因为它要得到松鸡小姐的芳心。其实它不知道，早在几天前，它就已经赢得了松鸡小姐的心。整整三天了，松鸡小姐一听到声音就出现了，远远地望着它，可惜它一直没有看到。这让松鸡小姐有点儿难过。这次运气还不错，它终于听到了自己踩脚的声音。现在松鸡小姐害羞地低下了头——流浪者终于走出了沙漠，找到了清泉。

哦，虽然这个峡谷的名字不太好听，但在这里它拥有了美好的生活。阳光从来没有这么明亮过，空气里松树的气息比梦中还香醇。那只漂亮高贵的鸟每天都要去树桩上，有时松鸡小姐陪着，有时独自去，为这美好的生活而继续敲鼓。

然而，为什么有时候它独自去呢？为什么不跟它的小新娘黏在一起呢？为什么松鸡小姐总在和它待几个小时后，偷溜出去，甚至第二天才回来呢？它始终弄不清楚原因。为什么松鸡小姐和它待的时间越来越短，到后来每天只有几分钟，直到有一天干脆它就再也不出现了。急疯了的红脖子不停地拍打着翅膀，在它的木桩上敲鼓，或者飞到峡谷上游的一根木桩上敲鼓。第四天它大声呼唤着松鸡小姐，灌木丛里传来一个声音，这个声音跟它第一次听到的一样。松鸡小姐从灌木丛中走了出来，后面还跟着十只小松鸡。

红脖子一下子飞到松鸡小姐的身边，吃惊地看着这些小雏鸡。很快它就接受了现实，加入了这个大家庭，并悉心照顾它们，承担起了父亲的责任，尽管它自己没有父亲。

六

在松鸡的世界里，好爸爸不太常见。母松鸡总是独自筑巢，孵化小鸡，不需任何帮助。它甚至还向松鸡爸爸隐瞒窝的地址，只在打鼓的木桩上或者进食的地方，再或者公共浴场这样的场所跟它见面。

自从小松鸡出生以后，它们就占据了松鸡妈妈所有的心思，它几乎忘了它们的爸爸。到了第三天，小松鸡足够结实了，母松鸡才带着它们出现在爸爸面前。

有的松鸡爸爸对孩子完全没兴趣，不过红脖子不一样，它马上就承担起了爸爸的责任。小松鸡们学会了如何吃喝，就像它们的爸爸小时候学到的那样，妈妈带它们蹒跚走路时，爸爸在附近或者后面跟随。

隔一天，小松鸡排成一队，沿着山坡走向小溪，队伍像一串长长的项链，两头大中间小。一只红松鼠在松树上偷窥它们，看到有只个头小的落在了队伍后面。红脖子此时正在几码远的树上整理自己的羽毛，没被松鼠瞧见。松鼠看到那只弱小的松鸡，顿时起了歹心，想喝小松鸡的血。这股渴望来得突然，松鼠猛地向那只小松鸡扑过去。母松鸡发现的时候，离得太远，没办法去救小松鸡，但是红脖子看到了，它朝那只松鼠飞去，张开翅膀就打松鼠，打到了松鼠的鼻尖，那正是松鼠的要害，打得它天旋地转，晃晃悠悠地跑进灌木丛里。它本来想把小松鸡拖到灌木丛的，现在自己却被打进了灌木丛，躺在那里，喘着粗气，鼻子流着血。松鸡一家把它扔到那里，转身就离开了。那只松鼠不知道怎么样了，反正后来再也没出现过。

这一家子继续向小溪走去，有一头牛在小溪边的沙土上留下了深深的脚印，有一个小家伙掉进去，怎么也出不来了，只能焦躁地叫唤着。

这可麻烦了，红脖子和母松鸡都不知道怎么办才好。它们就在脚印边走来走去，坑边的沙土被踩松了，形成了长长的斜坡，小家伙就顺着斜坡上来了，跟其他兄弟姐妹一起钻进了妈妈的尾巴底下。

母松鸡非常聪明，虽然个头不高，但很机灵，每天都细心地照顾着自己的孩子。每次孩子们跟在它屁股后面，穿越森林时，它总是骄傲地走在最前面，咯咯地叫着；为了不让孩子们晒着，它拼命撑开尾巴上的羽毛，几乎形成了一个半圆。它不害怕任何敌人，会根据孩子们的情况，准备随时战斗或飞走。

小松鸡在学会飞之前，曾经和老卡迪打过照面。那是在六月的某一天，老卡迪背着枪出来，走进第三个峡谷，他的狗在前面探路。离松鸡的窝越来越近，情况非常危急，红脖子马上飞过去，用古老却有效的方法引开那只狗，让它朝唐河河谷追去了。

老卡迪还是向松鸡窝走来，母松鸡赶紧发出叫声，让孩子们躲起来。然后飞过去，想把老卡迪引开，就像它丈夫将猎犬引开一样。它带着满满的母爱，凭着自己对森林地形的熟悉，飞到了离老卡迪很近的地方。呼啸着扑向他，用翅膀拍他的脸，然后又假装被绊倒，摔倒在树叶上。这唬住了老卡迪。不过当它拖着一只翅膀，可怜兮兮地叫着，慢慢离开时，老卡迪突然明白过来，这是它为了把他从松鸡窝旁边引开的阴谋。老卡迪狠狠地打了母松鸡一下，但被母松鸡机灵地避开了，它一瘸一拐地跳到了后面的小树上，又假装被绊住，再一次摔在叶子上，一副伤势很重的样子。老卡迪拿棍子砸向它，还好它换了位置，没被砸中，但它还勇敢地想把他引开，它扑腾着翅膀，像祈求怜悯一样呻吟着。老卡迪一看又没打中它，果断地举起了枪，用足以杀死一头熊的火力，射死了母松鸡，可怜而勇敢的母松鸡被打得血肉模糊，从树上落到了地上。

老卡迪知道附近肯定有一窝小松鸡，于是到处寻找，可是没有一只乱叫乱动的。他虽然没看见一只，但可恶的双脚不停地走，踩死了几只藏好的小松鸡，他毫不知情，也不在乎。

红脖子把猎犬引到小溪下游后，马上就回来了。这时，老卡迪已经离开了，拿走了母松鸡的尸体，准备喂他的猎犬。红脖子四处寻找，看到了地上带血的羽毛，那是母松鸡的羽毛，现在它明白那声枪响是什么意思了。

谁又能体会红脖子的悲伤和绝望呢？它呆呆地看着那摊血，目光充满悲痛，突然它想起了它们无助的孩子。它来到小松鸡躲藏的地方，呼唤它们出来。是不是所有的小松鸡都听到并且出来了呢？不是，才出来一多半；六只毛茸茸的小家伙睁开了发亮的眼睛，站起来迎接爸爸，然而另外四只已经没了呼吸。红脖子呼唤了好多次，确保所有活着的小松鸡都听到并出来了，这才领着剩下的小家伙离开这个恐怖的地方，去了小溪上游距离很远的地方。那里有带刺的栅栏和灌木丛，虽然不太舒服，但是非常安全。

在这里，小松鸡们慢慢长大，学习爸爸教它们的技巧。红脖子拥有比母亲更多的知识和阅历，教起来更容易。它非常了解这里的环境以及附近的场所，它也非常清楚如何处理困扰松鸡生存的各种疾病，所以，夏天过去了，所有的小松鸡都健康地活着。它们越发强壮，当猎人月来临时，它们已经成年，都长了红铜色的环颈羽。自从夏天母松鸡死后，红脖子就不再拍打翅膀敲鼓了，然而，敲鼓是公松鸡充满活力的表现，就像夜莺唱歌一样，敲鼓也是它唱的情歌。九月的好天气和好食物让它的羽毛焕然一新，它的精神也好了不少。有一天，它发现自己就在当初打鼓的那个木桩附近，压抑不住心中的冲动，一次又一次地拍打着翅膀，发出打鼓的声音。

从那之后，它就经常敲鼓了，孩子们坐在周围，偶尔有一两只心血来潮，也在旁边的树桩上或者石头上拍打翅膀，发出同样的敲鼓声。

葡萄成熟后，疯狂月就来了。红脖子的孩子都很强壮，身体健康，头脑也不错，所以尽管疯狂了一阵子，但一周之后就全恢复了，只有三只小松鸡飞得无影无踪。

第一场雪来临的时候，红脖子和剩下的三只小松鸡还住在峡谷里。雪花纷纷，天气不太冷的时候，这一家子躲在低矮挺拔的松树底下过夜。翌日风雪交加，气温陡降，雪越积越多。到了夜晚，不下雪了，但霜冻更加厉害了，于是红脖子就带着孩子们搬到了白桦树下。树下面积雪很深，它们一头钻进雪里，风把松软的雪吹进它们的洞里，就像盖了一床白色的被子，它们就在里面舒服地睡了一觉。空气可以透进来，不会阻碍它们的呼吸。早上醒来时，每只松鸡发现自己的前面结了一层冰，不过很容易就钻出去了。红脖子一大早就呼唤孩子们，让它们过来，小松鸡听到后拍拍翅膀，站起来。

这是小松鸡在雪中度过的第一个晚上，不过对红脖子来说，这可不新鲜了。第二个晚上，它们又高兴地钻进了雪里，北风像之前一样，给它们盖上了被子。然而，天气骤变，北风变成了东风，鹅毛大雪变成了雨夹雪，后来下起了大雨。全世界都被裹上一层冰，松鸡们早上醒来后，发现自己被冰封在了里面。

深处的雪还很松软，红脖子钻到了最上面，那儿也有一层坚硬的冰。红脖子拼命地敲打，可是无济于事，白白伤了它的脑袋和翅膀。之前，它曾有过喜悦，也曾遇到过困难，几次走到人生的悬崖边上，但这次比以往都绝望。慢慢地过了几个小时，它已经筋疲力尽了，还是离自由相差甚远。它能听到孩子们挣扎的声音，以及它们呼唤它来帮忙的声音。

它们躲过了无数的敌人，却躲不过饥寒交加。当夜晚来临，因饥饿和体力尽失，它们深感绝望。一开始它们害怕被狐狸找到，发现它们被困住后，狐狸会对它们为所欲为。可是到了第二个晚上，它们也不在乎了，甚至发自内心希望狐狸出现，砸开冰层，至少这样它们还有反击的机会。

然而，当狐狸真的从冰面上走过，它们又燃起了生存的渴望，悄无声息地一动不动，直到狐狸走开。第三天又下起了暴风雪，北风在银装素裹的大地上呼啸而过，卷起万千雪片。夹杂着小颗粒的雪花似乎让冰层日渐稀薄，冰层里面越来越透亮。红脖子一直在啄着冰层，直到头脑发胀，嘴巴变钝。夜幕降临时，逃生的希望仍然很渺茫。这一晚和其他夜晚一样，只是没有了狐狸在上面走来走去。第四天清早，它继续用嘴啄冰层，可是几乎没有力气了，完全听不到孩子们的声响。天越来越亮，他突然看到冰层上有一个亮亮的点，这些天的努力终于有了回报，它拼命啄那个亮点。外面，北风夹杂着雪花还在肆虐，吹得冰层越来越薄。到了下午，它啄了个小洞出来，这个收获让它获得了新生。到傍晚前，小洞变成了大洞，足以让它的脑袋、脖子以及脖子上的羽毛露出来了。不过它的肩膀过于宽大，它只能继续啄，幸好它能从上到下用力，这让它的力量增加了不少；很快冰层就破裂了，它慌忙展翅飞出来，再一次获得了自由。

然而小松鸡呢？红脖子飞到了最近的岸边，匆忙地找了一些野果果腹，赶忙又飞回去，一边咯咯地呼唤着小松鸡，一边使劲儿跺脚。在听到一个弱小的声音后，它用爪子刨起冰来，很快就把薄薄的一层冰打破了，灰尾巴虚弱地从里面爬出来。只有它自己出来了，其他两只不知道跑到积雪的哪个位置了，也没有发出任何声响，完全没有活着的迹象，红脖子只好带着灰尾巴离开了。等到春天雪化了，那两只小松鸡的尸体也出现了，只剩下了皮肤、骨头和羽毛。

七

过了很久，红脖子和灰尾巴才恢复过来，充裕的食物和休息可以治疗百病。在冬季的某一天，阳光温暖，风和日丽，焕发精神的红脖子又开始在木头上敲鼓。不知道是敲鼓声还是它们留在雪地上的足迹出卖了它们，老卡迪拿着枪，带着猎犬，把山谷搜了个遍，发誓要把它们逮住。松鸡们很早就知道老卡迪了，现在老卡迪也熟悉了它们。长着红铜色环颈羽的红脖子在山谷里赫赫有名。猎人月里，好多猎人都想捉住它，就像以前有个人想一把火烧掉世界奇迹，以此让自己名垂青史。然而，红颈羽对丛林生存法则了如指掌，它知道什么时候应该躲藏起来，什么时候应该偷偷飞走，什么时候应该蹲在高处，等猎人走过后，在一秒之内迅速飞到大树的树干后面，然后再离开。

老卡迪拿着枪，不停地追逐红脖子。他曾在远处射击，可不知为何，每次射击时，中间总有大树、土堆或者某个遮挡物，于是红脖子毫发无损地继续活着，朝气蓬勃，天天敲鼓。

下雪的月份来临时，红脖子和灰尾巴转移到了法兰克城堡的那片森林里，那里食物充足，古木参天。东边的山坡上有一棵高大挺拔的松树，长在铁杉树中间，直径宽约六英尺，第一个分杈的枝条比其他树都高，到了夏日，树顶就成了蓝松鸦和它新婚妻子最喜欢的度假胜地。这个高度非常安全，超出子弹的射程。等到春暖花开的时候，蓝松鸦为它的小妻子翩翩起舞，展开它那发光的蓝色羽毛，温柔地唱着最甜美的歌曲。它的歌喉如此柔软甜美，除了相知的人，寻常人不会听到，任何一本书里也没有过记录。

红脖子一下子爱上了这棵松树，现在它和它唯一的孩子就住在附近。它对树的根部非常感兴趣，对树顶全无兴趣。树根周围生长着低矮的毒芹，间或有一些葡萄藤和喜冬草，积雪里还能扒拉出甜甜的黑橡子。这简直是绝佳的觅食处，而且要是某个贪心的猎人跑进来，它们可以偷偷地穿过毒芹跑到大松树上，再飞起来。粗大的树干可以挡住致命的子弹，这样它们就能安全起飞。在合法的狩猎季节里，这棵大松树曾多次救它们一命。了解它们饮食习惯的老卡迪，在这里设了一个陷阱。他埋伏在河岸下面，让他的同伴在山上走来走去，驱赶鸟类。同伴穿过低矮的灌木丛，红脖子和灰尾巴正在里面觅食，没等人靠近，红脖子就发出警告的声音，同时快速向大松树跑去，随时打算飞走。

灰尾巴正待在山上，看到一个新的敌人——老卡迪的那只猎犬过来了。红脖子相距甚远，视线被灌木丛挡住，没有看到那只猎犬，灰尾巴于是害怕起来。

“快飞！快飞！”灰尾巴叫着，并冲下山去。红脖子冷静得多，发出口令：“到这边，藏起来！”因为它看到拿枪的猎人就在附近。红脖子跑到松树的树干旁边，躲在后面，着急地对灰尾巴说：“这边！这边！”突然它听到前面的河岸下面有响声，它知道那里一定有埋伏。这时候灰尾巴叫了起来，猎犬向它扑过来，吓了它一跳，它赶紧飞起来躲到树干后面。灰尾巴借此躲开了附近的猎人，却进入了藏在河岸的那个猎人的射击范围。

扑哧，它挥动翅膀向上飞，真是个美丽、机灵、高贵的小生命！

砰！砰！它落了下来——血肉模糊，一击即中，支离破碎地落到了雪地上。

红脖子现在的处境非常的危险。它不能高高地飞，只能蹲得低低的。猎犬就在十英尺之内，那个猎人向老卡迪走去，离它也只有五英尺，它一直不敢动弹，只能等待机会溜到树干后面。后来它安全地飞走了，飞进了泰勒山旁边荒无人烟的峡谷里。

那可恶的枪一次又一次地夺走了它的亲人，现在就剩下它自己了。在下雪的季节里，它九死一生，多次跟死亡擦肩而过，成了这一带唯一幸存的松鸡。猎人们疯狂地追捕它，它越来越狂野。

最后，用枪追捕它似乎只是在浪费时间，所以在积雪最深、食物短缺的时候，老卡迪想出了新的主意。就在暴风雪的月份里，在红脖子觅食的地方，他设下了一个陷阱。一只棉尾兔，也是红脖子的老朋友，用锋利的牙齿咬断了几个捕鸟器，但还剩下几个。有一次，红脖子正在观察远处的黑点，琢磨着是不是老鹰时，它自己踩中了捕鸟器中的一个，一只爪子瞬间就被吊起来，身体也吊在半空中。

难道野生动物就没有道德或者法律上的权利吗？人类有什么权力将恐惧和苦难加诸在别的动物身上？难道就因为它们不会说人类的语言吗？整整一天，红脖子被吊在那里，不停地拍打它那宽大的翅膀，白费力气地苦苦挣扎，期望重新获得自由。一天一夜过去了，它被折磨得转变了想法，希望自己快点儿死去。然而没有一个人出现。第二天，时间漫长，它还吊在空中，慢慢地消耗生命力，它强壮的身体竟然成了帮凶。夜晚来临，在漆黑的夜里，它拍打翅膀的声响吸引了一只猫头鹰。猫头鹰飞过来后，结束了红脖子的苦难，这也算做了一件好事。

北风沿着河谷肆虐。雪片宛如一匹马，在冰面上疾驰，穿越唐河谷平原，穿过沼泽，来到湖面上。本是洁白的雪地，现在覆盖了一层黑色，那是红脖子支离破碎的颈毛——那远近闻名的彩虹般的颈毛。当天晚上，这些羽毛在风中飘舞，飞向南方，从幽深的湖泊上空掠过，仿如松鸡在疯狂地飞行。不停地飞啊飞，直到消失在黑暗中。这就是红脖子在唐河河谷的最后一抹踪迹。

如今，在法兰克城堡，再也听不到松鸡的故事了，在泥巴溪那根红脖子屡屡敲鼓的木桩上，再没有用过的痕迹，随着时光的流逝，它已经慢慢腐烂了。

03

小野鸭历险记

扫描二维码
听导读

母鸭蒂尔和它的孩子们

在一个山坡的南侧有一汪池塘，池塘边上绿草丛生。有一只绿色的野鸭就把自己的巢穴建在了这里，它的名字叫蒂尔。

嘎吱、嘎吱……咦，什么声音？原来是一辆牛车从池塘边经过，赶车的是一个戴着帽子的男人。他并没有注意到蒂尔，只是看到了池塘边郁郁葱葱的绿草，还有远处苍翠的柳树丛和老白杨树。

对于草丛中的蒂尔来说，这一汪池塘就是一个美丽的天堂，是它的家，是它独有的领地。当然，它也有邻居，就是住在附近的一棵白杨树上的猫头鹰。这个邻居曾经觊觎蒂尔生下的十枚蛋，可它现在已经对它们没兴趣了，因为小野鸭们即将破壳而出。它们已经能够感受到外界温暖的气息，有些还发出了微弱的声响。现在，蒂尔的内心母爱荡漾，充满了做母亲的责任感。

野鸭

野鸭属鸟纲、雁形目、鸭科；其数量非常多，是多种野生鸭类的通俗名称，有十余个种类，每个品种均以雄鸭羽毛区别较大。野鸭是水鸟的典型代表，一般来说，是绿头鸭在北半球的俗名。

在夏季刚刚来临时，蒂尔的伴侣就失踪了，或许它永远也不会再回来了。要知道，在这里野鸭有很多天敌，蒂尔的伴侣多半已经遭遇不测。然而现在，蒂尔的注意力完全集中在它的蛋宝宝以及自己的巢穴上。

六月的后半个月，蒂尔无微不至地照顾着它的蛋宝宝。它每天只抽出一小点儿时间出去觅食；即便如此，在出门时，它也要用前胸的羽毛做成伪装物，细心地覆盖在蛋宝宝上。

这天早上，蒂尔用伪装物仔细盖好了蛋宝宝，之后就出门觅食了。突然，近处的柳树丛里传来了一阵怪异的声响。机警的蒂尔迅速躲避危险，并很快回到了家。这时候，邻居猫头鹰还在咕咕地发出警告，蒂尔在自己的巢穴边上竟然发现了一串新鲜的人类的脚印。蒂尔心里一惊，赶紧查看自己的蛋宝宝，发现伪装已经被破坏，但奇怪的是，蛋宝宝却一个也没少。蒂尔放下心来，轻轻蹲到了蛋宝宝上。

蒂尔的巢穴建得巧妙极了，一般的敌人很难发现。不过，现在蒂尔遇到了一件棘手的事儿。

一直以来，池塘都是野鸭们藏身的绝佳之地，可是现在呢，池塘里的水在炎热的阳光下正一天天减少，眼看就要见底了。假如池塘真的彻底干涸了，那新出生的小野鸭们要到哪里藏身呢？蒂尔为此忐忑不安，所以它每天除了孵蛋，还要跑去看看池塘的情况。可是担心也没用，蒂尔是一点儿办法也没有的，它现在也只能边孵蛋，边等老天下雨。

过了些日子，小野鸭们终于等不及了，一个个破壳而出。十只小野鸭兴高采烈地叫着，像是在对整个世界和妈妈蒂尔说：“我们来啦！”小野鸭们的身上都湿漉漉的，羽毛黏糊糊地粘在了一起，上面有一些别致的花纹。

这群可爱的小家伙才刚刚降生，但它们的美丽已经全然展现出来。它们的眼睛就像宝石，看上去晶莹剔透。它们的全身已经被羽毛覆盖，但翅膀上的羽毛还没有发育完全，所以无法飞行。不过，它们天生就是游泳健将，走起路来也已经有模有样。

遭遇猛禽老鹰

蒂尔的担心还是应验了，池塘里的水果然干涸了。刚刚做上妈妈的蒂尔，还没来得及享受做母亲的快乐，就又要为孩子们的新住处奔忙了。尽快把小野鸭们转移到有水的池塘边，这是蒂尔首先要做的事，因为危险随时都会降临。老鹰、狐狸、狼、蛇等，经常出没在这一带，再加上其他那些偶尔出现的敌人，让这里暗藏杀机、危险重重。小野鸭们的父亲多半是遭到了敌人的袭击。

可是，最近的池塘离这里也不算近哪，走到那里需要花费不少时间呢。蒂尔已经下定了决心，说走就走！它先迈开步子出发了，那场面是小野鸭们从来没有见过的。它们现在对周围的一切都那么好奇，感觉新鲜极了。可它们却不知道危险是什么东西，只顾欢天喜地地叫着。

紧接着，小野鸭们摇摇摆摆地走出了鸭巢，一个个兴致勃勃地跟在妈妈身后。可是，它们毕竟太小了，走起路来总是磕磕绊绊的。在路上，它们不时地跌倒或是打滚儿。不过，这丝毫没有影响它们的好奇心，它们一路上嬉闹不停，似乎在对兄弟姐妹说：“快瞧啊，这世界真是太美妙了！”

小野鸭们吵吵嚷嚷地走出了十几米路。这一带生活着很多动物，但它们几乎都是野鸭的敌人，而非朋友。小野鸭们已经穿过了一片草丛，虽然这段路不算远，但因为草长得很高，而且小野鸭们才刚刚出生，所以对它们来说也算是艰苦跋涉。瞧，它们已经累得上气不接下气了。

不久，它们就走到了一个土坡。在土坡上走是很容易暴露的，所以蒂尔的心里惴惴不安。它一刻也不想停留，赶紧带着孩子们往前走。很快，它们就又进入了草丛。这时候，有只小鸭子累得走不动了，它的身体比其他的小鸭子差得多，在当初出壳的时候它也是倒数第一。没办法，蒂尔只好让大家休息一下再出发。

休息了一会儿后，蒂尔就把大家叫起来继续赶路了。那些小野鸭一个个晃晃悠悠，紧跟在妈妈蒂尔的后面。

前面不远处是一片低矮的灌木丛，它们必须要从这里经过。小野鸭们好像在经历一场大冒险，一个个兴致勃勃地钻了进去。哎哟，两只呆头呆脑的小野鸭来不及躲闪，被灌木刮到了头。它们以为灌木是故意为难它们，对着灌木就是一顿责骂。

前方是一片平原地带，连个遮挡物也没有，充满了危险。小心谨慎的蒂尔让孩子们停下来，自己跑出去四处查探情况。作为母亲，它要尽可能地保证孩子们的安全。在确定没有敌人后，它叮嘱孩子们要用最快的速度穿过这里。小野鸭们似乎也感受到了紧张的气氛，都不再吵吵嚷嚷了。它们全都乖乖地跟在妈妈身后，快速跑动起来。

紧跟在蒂尔身后的小野鸭，身体最强壮。它走路时用力甩动两条小胳膊，就像小木棒一样结实。有趣的是，小野鸭的队伍是按照身体的强弱排列的，除了最前面的妈妈，队伍的头上就是身体最强壮的那只小野鸭，而队伍的尾巴上，就是前面说的那只身体最差、在草丛里走不动的小野鸭。大家一个挨一个，紧紧地跟在妈妈后面，唯独这只小野鸭，走路跌跌撞撞的，被“大部队”甩得老远。

对于这些小野鸭来说，原野宽阔无比，它们走着走着就累得不行了。为了让大家恢复体力，蒂尔决定让它们原地休息一会儿。一听说要休息了，大家立刻拆散了队伍，纷纷向妈妈靠过来。可是这样一来，它们就在原野中完全暴露了。

这时，天空中出现了一个黑影，那可不是乌云，而是老鹰！只见老鹰俯冲而下，直奔蒂尔和孩子们而来。

蒂尔大吃一惊，立刻呼喊孩子们趴下躲避。小鸭子听到妈妈的喊声，忙不迭地趴在地上。

然而，落在最后面的那只小野鸭，因为离大家太远了，根本没听到妈妈的喊声。此时，它还没有意识到危险来临，还在东看看西瞧瞧。就这样，它被老鹰捉走了。看到自己的孩子被老鹰捉走，蒂尔痛苦万分，对着天空大吼大叫，好像在说："别抓走我的孩子！"

正当得手的老鹰叼着小野鸭向池塘的另一边飞去时，发生了一个意外——草丛里突然飞出一只凶猛的大鸟，它直冲向天空，挡住了老鹰的去路。其实，这只大鸟并不是老鹰的对手。那它为什么要跟老鹰作对呢？

原来，这是一只雌鸟，它也要保护自己的孩子。看到老鹰从此处经过，它以为对方想抓自己的孩子，所以才出来阻挡。老鹰见状便与它在空中打斗起来，打得难解难分。这只鸟是暴君鸟，它勇猛好战，即便面对老鹰，也没有丝毫畏惧。

老鹰与暴君鸟追逐打斗，不久便从蒂尔和小野鸭们的视野里消失了。失去了心爱的孩子，蒂尔悲痛万分，伤心欲绝。可是现在不是难过的时候，它还要照顾剩下的九只小野鸭。蒂尔强打起精神，抑制着内心的悲痛，带着孩子们，匆匆钻进了一片草丛。

熟悉的叫声

蒂尔和孩子们已经走了很久很久，如今孩子们一个个疲惫不堪，都已经走不动了。它们纷纷请求妈妈休息一会儿，蒂尔见这里已经安全了，便答应了它们。可是才过了一小会儿，蒂尔就催促大家赶路了，它心里很清楚，晚到目的地一分钟，危险就会多一分。

大家匆匆赶着路，一刻也不停歇。这时候，小野鸭们身上都已经湿透了，还有几只小野鸭被草割伤了，身上都渗出了血。可是为了躲避可怕的敌人，它们只能在茂密的草丛里穿行。

不过，草丛也不是一个绝对安全的地方。有一个敌人正在悄悄地向它们靠近，这个敌人就是狐狸。它闻到了野鸭的气味，这气味让它的口水都流出来了。顿时，它想入非非，觉得一顿丰美的晚餐已经摆在自己的眼前。

循着野鸭的气味，狐狸风一般地飞奔而来。它快速靠近蒂尔和小野鸭们，现在已经能听到小野鸭的叫声了。又前进了几步之后，它就看到了蒂尔和小野鸭们。这时候，它放轻脚步，悄悄逼近，而蒂尔一家完全不知道危险已然迫近。

就在狐狸准备发起偷袭时，一种危险的气息扑

媒鸭

有些野鸭会被猎人训练成媒鸭。一只野鸭被驯成一只上好的媒鸭，得花上三四年时间。过去打野鸭的人，会将野鸭从小训练成媒鸭。他们多半是白天摸准野鸭的栖息地，夜里进入芦苇荡，四面布置火力。这时放出媒鸭满湖荡地飞，寻得鸭群后便落下，暗中引着野鸭群向主人火力范围里靠，或嘎嘎叫唤几声给主人报信。待主人枪一响，媒鸭便迅速落地假死，以免被误伤、误杀。

面而来。狐狸立刻停止行动。在辨认出这种危险气息的来源之后，它迅速转身逃去。

这时候，蒂尔和孩子们依然在继续赶路。刚刚那万分危急的一幕，蒂尔一点儿也没有察觉，而那些小野鸭对此更是一无所知。

穿过了茂密的草丛，那个池塘就近在眼前了。不过现在，蒂尔和孩子们还要横穿一条小路才能到达那里。可是，这时候又出现了状况。

在这条小路上有两条深深的车辙，它们挡住了野鸭们的去路。没办法，小野鸭们只能先一个接一个地滚进第一条车辙，可这条车辙实在太深了，小野鸭们使尽浑身的力气才爬出来。接下来，它们又滚进了第二条车辙，可这条车辙比第一条还要深，小野鸭们都爬不出来，被困在了里面。此时的蒂尔急得心里像着了火一样。

就在野鸭们束手无策的时候，前面提到的那个戴帽子的男人出现了。蒂尔心里非常害怕，但为了保护自己的孩子，它毅然飞向了那个男人。它拍打着一对翅膀，假装受伤摔在地上，希望那个男人来抓它，这样就能让孩子们脱险了——这是蒂尔最常用的花招。

可是，那个男人根本就不吃蒂尔这一套。他蹲下身子，仔细打量了一下周围，很快就发现了车辙深处的小野鸭们。只见他摘下自己的帽子，将一只只小野鸭都放到里面。这时候蒂尔吓得魂飞魄散，嘎嘎直叫。

可没想到的是，男人并没有伤害蒂尔的孩子们，他轻轻地端着帽子来到池塘边，之后一只一只地把小野鸭放到了池塘的水面上。

看来，戴帽子的男人并没有打算伤害小野鸭。近些日子，他每天都赶着车来附近送货。还记得前面说的那只狐狸吗？它就是因为闻到了这个男人身上的气味才被吓跑的。其实蒂尔把这个男人看作是敌人一点也不奇怪，因为长期以来，人类经常用猎枪射杀野鸭。

小野鸭都已经脱险了，蒂尔终于放下心来，它拍打着翅膀朝池塘飞去，径直落到了孩子们的身旁。随后，它带头儿游向池塘中央，而孩子们都紧紧地跟在它身后。

出人意料的是，可恶的老鹰又出现了。它发现了池塘上的蒂尔和小野鸭们，直奔池塘中央而来。蒂尔发现情况后，立刻叫孩子们躲进水草里，然后自己则用翅膀拼命扑打水面。激起的水花直接溅到老鹰身上。老鹰被打了个措手不及，先是一愣，紧接着便扑向蒂尔。蒂尔又用力激起一片水花，并向老鹰挥去，随后迅速钻进了水草里。这下老鹰便拿它没办法了。

老鹰左找右找，就是找不到蒂尔，最终只得飞走了。可是蒂尔到底去哪里了呢？原来它躲进了一片茂密的灯芯草丛里，这儿离它与老鹰打斗的地方已经很远了。

“嘎嘎嘎”，蒂尔又叫了起来，原来它是在呼唤自己的孩子们，想教它们如何捕食。

突然，蒂尔的耳边响起了一个熟悉的叫声，接着只见一只小野鸭从远处游了过来。呀，那不就是在之前被老鹰抓走的那只小野鸭吗！蒂尔高兴地嘎嘎大叫起来。原来，在与暴君鸟打斗时，老鹰为了减少负担，专心战斗，便把小野鸭放进了一个池塘里，而这个池塘刚好也是蒂尔跟其他九只小野鸭的目的地。那只小野鸭原本藏在灯芯草丛里，直到听到妈妈的呼唤声和哥哥姐姐的嬉闹声，它才叫喊着向这里游来。

孩子失而复得，蒂尔高兴极了。从此，蒂尔和它的十个孩子就一直生活在这里，直到那些小野鸭长大。

04

留守的公雁

小岛上的大雁之家

扫描二维码
听导读

大雁的鸣叫声，你听到过吗？

在辽阔的大自然中，人们常常会听到大雁那优美的歌声。那声音美妙而悠扬，总能给人带来心灵的慰藉。

然而，我感受到的却不是优美，而是一种深深的感动。

每当听到大雁的歌鸣，我的喉咙就会哽咽，眼睛就会发胀，接着便会情不自禁地流下泪来。大雁的鸣叫声，竟可以让我如此感动。为什么呢？

因为，在我深深的记忆中，有这样一个真实的故事。

那天，不知从什么地方飞来了一对美丽的大雁。它们的脸上有很多白色的羽毛，是两只白脸山雀雁，长得漂亮极了。可是，不知道发生了什么，它们的翅膀竟然是断的。

我家坐落于一片茂密的森林中，周围满是参天大树，附近还有一汪清澈碧绿的湖水。在这个湖中有一座漂亮的小岛，那两只白脸山雀雁就在这座小岛上安了家。

过了不久，那只母雁在巢里生下了几枚大个儿的蛋。从那时起，这只母雁就开始非常有耐心地蹲在巢里孵蛋，一孵就是将近一个月。它是位尽职的妈妈，除了下午觅食的时间，它一直都待在巢里，纹丝不动，小心翼翼地孵着蛋。

可是，母雁的丈夫在做什么呢？公雁呀，在守护自己的家园，它一天到晚都在雁巢周围巡视。

公雁和母雁在生活上是有分工的，母雁从来不在四周巡视，而公雁呢，也从来不会孵蛋。它们都认认真真地做着自己的本职工作，并且配合得十分默契。

有一天，我好奇心作祟，忍不住要去湖中的岛上去看一看。不料，我划着船刚刚靠近小岛，就听到一阵嘎嘎的叫声，那似乎是母雁发出的警报。

“嘎嘎”，公雁听到母雁的叫声，立刻做出了回应；而且，它飞快地向我的小船游来，挡在了我的面前。它看上去气愤极了，显然是想赶走我这个不速之客。面对公雁的仇视和敌对，我只好放弃登岛，遗憾地划着小船回去了

那段日子里，我没再关注这对大雁夫妇。但是过了不久，我偶尔听到一阵小雁的鸣叫声，是从湖中的岛上传来的。

原来，母雁的蛋都已经孵化成功了。六只幼小的雁都从蛋壳里钻了出来，一个个全

大雁

大雁属鸟纲，鸭科，是雁亚科各种类的通称。中国常见的有鸿雁、灰雁、豆雁、白额雁等。大雁又称野鹅，天鹅类，大型候鸟。雁队一般以6只或6只的倍数组成。

身嫩黄，毛茸茸的，真是可爱极了！

第二天，小雁们就下水游泳了。它们有的在前，有的在后，呈“一”字排开；妈妈在最前面，爸爸在最后面。就这样，两只大雁和它们的六个孩子，整天排着队在湖面上自由自在、快快乐乐地游来游去。

自然界里的情况错综复杂，大雁根本算不上是强者。小雁在成长的过程中，会遭遇各种潜在的敌人，比如天空中盘旋的苍鹰、水底下潜游的大龟，还有陆上蜿蜒爬行的蛇和嗅觉非常灵敏的野狗。这些家伙之所以还不敢行动，是因为它们忌惮于公雁的勇猛，其实它们对可爱的小雁垂涎已久。

三个月的时间转瞬即逝，伶俐可爱的小雁们已经长出了结实的羽毛，而且体型也跟大雁夫妇差不多了。再过一个月，它们的翅膀会渐渐长满羽毛，而身上的绒毛则会全部褪掉。紧接着，它们就要学习如何展翅翱翔了。

六只小雁茁壮成长着，它们每天都在训练飞翔。它们的翅膀因训练而变得更加强壮，一次比一次飞得更高，最后竟然可以翱翔在高空中了。它们快活地唱起歌来，那悠扬的歌声在空中回荡。

天空中的雁鸣

树叶泛黄，一片一片从树上凋落——秋天来了。北方的候鸟要到南方过冬，途中经过这个湖。

这一天，一群从遥远的北方迁徙而来的大雁，从远处的天空飞来。“嘎嘎嘎”，它们鸣叫着飞过湖面，并在空中排成了一个巨大的“人”字。

“嘎嘎嘎”，湖中岛上的大雁听到了它们那响亮的叫声，伸了伸脖子，仰头回应雁群。紧接着，母雁带领全家都下到湖里，一家人“嘎嘎”地鸣叫，似乎在商量什么事儿。

母雁问小雁们：

“我的孩子们，咱们跟它们一起翱翔吧！”

已经长大的孩子们齐声附和道：“好啊！好啊！妈妈，咱们加入雁群，一起翱翔吧！”

随后，它们展开自己的翅膀，用力拍打湖面，就好像在准备奔跑一样。转眼，它们已经腾空而起，飞向了高空。

小雁们兴高采烈，用力地扇动自己的翅膀，飞呀，飞呀。它们想赶快追上雁群，跟它们一起到温暖的南方过冬。它们快活地飞翔着，歌唱着。

猛然间，小雁们发现：爸爸妈妈怎么没来呀！

“快回来，孩子们！”此时，它们好像听到了爸爸妈妈急切而不安的呼唤。

小雁们向湖面上望去，发现爸爸妈妈正在拼命扇动翅膀，溅起了阵阵水花，可怎么也飞不起来。

“爸爸妈妈怎么飞不起来啊？”小雁们很疑惑。它们在空中盘旋了一会儿，慢慢降低扇动翅膀的频率，之后一个个滑翔着落在了湖面上。

原来，大雁夫妇的翅膀受过重伤，至今都没有完全康复。它们的翅膀不能太用力，所以没办法腾空而起，飞到空中。

这样看来，它们是不可能从湖面上起飞了，得另想个办法才行。

这个湖北边的湖面相对广阔，可以在湖面上多滑翔很长一段距离，助飞的效果非常好。于是母雁带着孩子们来到了湖的北面，并充满希望地对着孩子们说：

“孩子们，咱们再试一试吧！”

随后，小雁们按照以前游泳时的队形，一个接着一个地把妈妈的话向后传递，直到传递给排在最后的爸爸。

这时候，公雁发出了清脆的口令：

“孩子们，起飞！”

啪嗒、啪嗒……小雁们一边用力扇动翅膀，一边用脚掌使劲儿踩水。很快它们就腾空而起，升离湖面，飞到空中，之后便慢慢地飞高了。可是，这一次它们还是没看到爸爸妈妈的影子。这时，它们又听到了爸爸妈妈急切的喊声：

“快回来吧，孩子们！”

听到爸爸妈妈的呼喊，小雁们又听话地盘旋着停落在湖面上。还是飞不起来呀！翅膀受伤的大雁夫妇无可奈何。它们已经竭尽全力去扇动翅膀，却依然飞不起来。

就这样，每天都会有一群大雁从天空中飞过，而湖上的大雁一家，每天都能听到天空上同伴的召唤。日子像流水般过去了，深秋很快就要来临，天空中的雁群渐渐稀少了。在这段日子里，大雁一家天天都在练习飞翔，每天至少要练习二三十次，可是大雁夫妇俩依旧飞不起来，它们开始变得焦躁不安。

秋去冬来，寒冬终于来临，其他大雁都已经到达温暖的南方，而唯有这一家八口留了下来。它们决定就留在湖中的岛上过冬，不再飞去南方了，因为大雁夫妇怎么也飞不起来，而孩子们也不愿意离它们而去。一家人快快乐乐地留在这里过冬，也是不错的！

眨眼间，冬去春来，其他大雁从南方飞回来了，于是天空中又接连有雁群飞过。这时候，湖上大雁一家又有了新想法，它们想跟随雁群飞到北方去。然而，大雁夫妇试了几次之后发现，自己还是飞不起来，于是最后它们只能无奈地选择放弃。

时间过得真快，转眼炎热的夏天又到了。这段日子，大雁一家又增添了不少成员。原来，大雁夫妇又孵化了一窝蛋。当然了，不论是对已经成年的孩子们，还是对刚刚出生的宝宝们，公雁爸爸都呵护有加。它尽职尽责地守护着它们，不容许敌人靠近半步。

秋天又来了，天空中又出现了雁群的鸣叫声。今年，大雁夫妇的孩子已经比去年多了一倍，它们一听到雁群的鸣叫就蠢蠢欲动，可最终都被大雁夫妇叫了回来。

大雁夫妇和它们的孩子，难道要永远生活在这片美丽的湖面上了吗？

朝思暮想的回应声

转眼又过去了一年，黄了的树叶在秋风中飘落。

不过，今年的秋天，情况似乎有些不同了。

大雁夫妇一直在努力练习飞行，它们已经练习了无数次。这一次，它们像往常一样，奋力拍打着翅膀，结果母雁一下子腾空而起，像它的孩子们一样。原来，母雁的翅膀已经换上了新羽，它终于能够展翅翱翔了！

母雁开心极了，带着孩子们一起飞向了蔚蓝的高空。

"快回来啊！快回来啊！"公雁心急如焚，在湖面上声嘶力竭地呼喊。然而此时，母雁和孩子已经飞到了高空，并没有听到公雁的呼喊声。如今，公雁成了唯一飞不起来的大雁了。最后，公雁只好一个人孤零零地停在湖面上，望着妻子和孩子们慢慢消失在地平线。

妻子和孩子们都走了，冬天的脚步却近了。这时候，不论是苍鹰还是乌鸦，只要天空飞过什么东西，公雁都会用心地瞧一瞧。每当它发现那不是妻子和孩子们时，便显得十分失望，默默无语。

就这样，这个寒冬，只剩下这只公雁孤独地生活在结冰的湖面上。

春天回来了，湖面上厚厚的冰层渐渐融化了。这时，天空中又出现了雁群的歌声。公雁游荡在已经融化的湖面上，不断回应雁群的鸣叫声。

可是，那些雁群都只是路过而已，叫着叫着就不见了踪影。

湖面上的冰层融化得越来越多，公雁每天都在湖面上游荡。它总是向着天空呼唤自己的家人，因为说不准哪天，妻子和孩子们便会出现在那些北飞的雁群里！

在动物的世界里，大雁是一种非常忠贞的鸟类，它们从不会背弃自己的另一半，即便另一半不幸死去。

四月到了，树木都长出了新叶，郁郁葱葱起来；鸟儿们尽情地歌唱着，时不时欢快地嬉戏——世间万物展现出勃勃生机。遗憾的是，望眼欲穿的公雁，依旧没有家人的消息。

"嘎嘎嘎……嘎嘎嘎……"公雁每天都会朝着天空大声呼唤。

一天，公雁像往常一样朝着天空大声呼唤。突然，它听到了一阵回应声，那是它朝思暮想的回应声，尽管声音很微弱，但它已经非常确定。此时它显得异常激动，脖颈上的羽毛都竖起来了。

那回应声越来越近，越来越大了——只见十几只大雁接连地落在湖面上，一个个美丽极了！

它们正是公雁的妻子和孩子们啊！只见它们飞快地游到公雁的身旁，一个个都伸长脖子，一边激动地拥抱公雁，一边不停地鸣叫。那叫声似乎是在诉说思念之情，又似乎是在表达久违的问候。

孤零零的公雁终于与它的妻子和可爱的孩子们相聚了，其实它们从来也没有忘记过留守此地的公雁。不过每年秋天，母雁还是会带着孩子们，跟随雁群到温暖的南方过冬，只留下飞不起来的公雁独自在这里生活。待到春天回来的时候，母雁便又会带着孩子们，随着北飞的雁群回到这里，再次与留守的公雁团聚。

现如今，我仍旧居住在湖边的森林里。每当听到大雁那"嘎嘎"的鸣叫声，我都会激动不已。

05

乌鸦大队长银斑儿

扫描二维码
听导读

一

有多少人真正地了解过野生动物呢？我指的不是只见过几次面，或者将它养在笼子里，而是在野外环境下长时间地跟它在一起，对它的生活和经历了如指掌。而且，我们很难把它和同类区分开来。狐狸和乌鸦跟它们的同类极为相像，当我们再遇到它们，很难确定是不是上次遇到的那只。然而，要是有一只看上去就比同类更聪明、更强壮，因此成为首领，我们可以说它是天才；要是它体型庞大，或者更能让人记住，它在这个地区很快会声名远扬，并且把野生动物更有趣、更刺激的生活展示给我们。

这样的动物包括：十四世纪初让整个巴黎为之震颤的断尾狼库尔德；让萨科罗门托河谷所有农民破产的灰熊畸形脚；五年来每天咬死一头母牛的新墨西哥狼王洛波；短短两年内杀死三百多人的美洲豹乔尼；还有银斑儿，接下来我就要讲述它的故事。

银斑儿是只聪明的老乌鸦。它的右眼和嘴巴之间有一枚镍币大小的银白色斑点，由此得名银斑儿。正是由于这个斑点，我可以一眼认出它来，并且把我的所见所感汇集起来，将它的故事呈现给大家。

大家都知道，乌鸦是最聪明的鸟类。俗话说“像乌鸦一样聪明”，绝不是空穴来风。乌鸦知道集体的重要性，并且像士兵一样训练有素。其实，它们比士兵好百倍，因为它们总是在站岗，总是在战斗，彼此相互依赖，共求生存。它们的首领不但是最年长和最聪明的，还得是最强壮和最勇敢的，因为它必须随时做好准备，武力镇压集体中的反叛者。年轻的或者平庸的乌鸦只能做群众。

银斑儿是一大群乌鸦的头儿。它们的老窝在加拿大多伦多附近的法兰克城堡的东北部，在那边的一个松树覆盖的小山坡上。这群乌鸦大概有两百只，不知道什么原因，这个数目竟然一直没有增加。在温暖的冬日，它们栖息在尼亚加拉河畔；在严酷的寒冬，它们会飞到南方。不过，每年二月的最后一个星期，银斑儿总会带领着大家飞跃尼亚加拉和多伦多之间四十英里宽的水域。它们不飞直线，而是沿曲线飞行直抵它们的老窝。银斑儿每年带领大家飞过来，在山坡上逗留六个星期左右。在此期间，它们每天早上分成三组寻找食物。一组飞去西南的灰桥湾，一组飞去北边的唐河，还有一组飞往西北的深谷。最后一组由银斑儿亲自带队，其他两组谁带队我就不太清楚了。

晴朗的早上，它们会在高空中飞行，风大的

乌鸦

乌鸦是雀形目鸦科鸦属中数种黑色鸟类的俗称。又叫老鸹，嘴大喜欢鸣叫。为雀形目中体形最大的鸟类，体长50厘米左右。乌鸦全身或大部分羽毛为乌黑色，故名。乌鸦大多为留鸟，集群性强，一群可达几万只。除少数种类外，常结群营巢，并在秋冬季节混群游荡。乌鸦行为复杂，表现出较强的智力和社会性活动。它们鸣声简单粗粝，一般性格凶悍，富于侵略习性。

时候，它们就沿着河谷飞得很低。从我家的窗户望去，可以看到峡谷，所以在一八八五年的时候，我就注意到了银斑儿。那年，我刚搬到附近，当地一位老人告诉我："这只老乌鸦已经在峡谷里飞行二十多年了。"我在河谷里常常能观察到银斑儿，虽然现在的河谷里建起了好多的房子，河谷两侧也架起了桥梁，但银斑儿还固守着以前的飞行路线，于是它渐渐成了我的老相识。

三四月时，银斑儿每天总要在河谷里往返飞行一次，到了夏末秋初，也这么飞。这让我有了好好观察它的机会，听它对乌鸦群发号施令。慢慢地，我开始了解乌鸦，它们个头虽小，却满脑袋智慧。它们有自己的语言和制度，在许多方面和人类相似，甚至比人类做得更好。

一天，风很大，我站在横跨河谷的大桥上，看见银斑儿带领着乌鸦群飞回来。从半英里外，我就听见它叽叽喳喳的叫声，好像在说"快跟上，一切正常"，队尾的副官又重复了一遍。为了躲避风向，它们飞得非常低，但为了穿过我所在的大桥，它们不得不飞高一点儿。银斑儿注意到我正盯着它，心里不太高兴。它看了一眼飞行队伍，叫了一声"注意，注意"，然后飞得更高了。当它发现我没有携带武器时，便大胆地从我头上约二十英尺的高度飞过去，后面的乌鸦也依次飞行，穿过大桥后，它们降到了原来的高度。

第二天，我仍然站在老地方。当乌鸦群靠近的时候，我举起拐杖向它们挥去。银斑儿大喊"危险"，马上飞高了五十英尺。当它看到我手里拿的不是枪之后，又回到了原来的高度。

第三天，我还在原地，这次真的带了把枪，银斑儿看到后，立即发出警告：“危险！危险！有枪！”副官也重复了它的叫声。乌鸦群马上散开，向高处飞去，直到它们飞到安全距离，才降低高度，回到河谷里。

还有一次，冗长而散乱的队伍飞下河谷时，一只红尾鹰落到了离它们很近的一棵树上，银斑儿马上大叫“老鹰，老鹰”，然后停在空中，直到其他乌鸦都飞过来，形成密密麻麻的一大团。它们用这种方式来和老鹰对抗，等危险过去时，就继续飞行。然而飞到四分之一英里的地方，出现了一个拿枪的人，银斑儿又大叫：“危险！危险！有枪，赶快躲开！”其他乌鸦赶紧散开，飞到射程之外。

在长期的观察过程中，我了解了银斑儿的许多命令语，发现有时候细微的差别，意思就完全不一样。“呱——呱”的叫声是说有老鹰或者危险的大鸟，“呱呱——嘎嘎嘎嘎”则是说转身。很明显，前者是危险的意思，后者是撤退的意思。

四月初，乌鸦开始活跃起来。它们会在森林里待大半天，也不出去找食，整天三三两两地互相追逐，炫耀各种飞行技巧。它们最喜欢突然从高处俯冲下来，在差一点儿碰到低处的乌鸦时，反弹回空中。它们速度奇快，翅膀扇动的声音听起来像雷鸣。有时候，一只乌鸦会低头，竖起身上的每根羽毛，慢慢靠近另一只乌鸦，发出长长的“咯咯”的声音。过了不久，我就搞清楚这个动作的意思了，原来是在求爱。雄鸦向雌鸦卖弄自己强健的翅膀和动听的歌喉，并且得到了雌鸦的赞赏。到了四月中旬，它们就成双成对飞到乡下去度蜜月了，只留下法兰克城堡的松林孤孤单单的背影。

二

唐河的山谷里有座舒格洛夫山，孤零零地屹立其中，被郁郁葱葱的森林所覆盖，与四百米外的法兰克城堡相连接。舒格洛夫山和法兰克城堡的中间也有一片森林，森林中有一棵松树，松树的顶端有一个荒废的鹰巢。多伦多的所有学生都知道这个鹰巢，除了我曾经在它边上猎杀过一只黑色的松鼠外，还没有人在它周围看到过生命的痕迹。一年年过去，这个鹰巢越来越破，但奇怪的是，它一直没像其他鹰巢一样垮掉。

五月的一天早晨，天蒙蒙亮我就出门了，悄悄地穿越这片森林。脚下的落叶非常潮湿，踩上去没有任何声音。我正好从那个鹰巢底下经过，看到有条褐色的尾巴伸出巢外。我使劲儿摇了摇树，一只乌鸦飞了出来，秘密这才被揭穿。我一直怀疑有对乌鸦每年在这松林里筑巢，现在才搞清楚原来是银斑儿和它的伴侣把巢安在了这个鹰巢里。这两只乌鸦实在太聪明了，能把自己的巢弄得破旧不堪，看上去像没有清理一样。它们已经用了很多年，虽然每天都有持枪打乌鸦的猎人和孩子从它们家底下经过，但从没人注意过这个鹰巢。我再也没有骚扰过这个老相识，后来都是用望远镜来观察它。

有一天，我看到一只乌鸦从唐河上空飞过，嘴里衔着一个白色的东西。它先飞到了玫瑰峪溪口，又飞到不远处的一棵榆树上，在那里放下了嘴里的东西，抬头张望，这时我才看出来它是银斑儿，而那个白色的东西是一个贝壳。过了一小会儿，它又衔起了那个东西，蹦跶蹦跶地跨过泉水，在羊蹄草和臭菘之间挖出了一堆贝壳和亮闪闪的东西。它把那些东西摊开，晒一晒，又一个一个地叼起来，放下，然后坐在上面，像孵蛋一样。它把它们当成了玩具或者珍宝，热切而贪婪地玩耍着。这是银斑儿的一个嗜好，也是它的弱点。它自己也不清楚为什么喜欢这些东西，就好像一个小男孩不知道为什么喜欢集邮，一个小女孩为什么喜欢珍珠而不是红宝石一样。不过，它肯定是从这些东西里获得了乐趣。半小时后，它用土和叶子把这些东西全埋了起来，包括它带来的新的贝壳，然后就飞走了。我马上过去翻看这些东西，全部加起来能装满一个帽子，以白色的鹅卵石、贝壳和玻璃碎片为主，居然还有一只瓷杯子把，这一定是这些藏品中最珍贵的。这也是我最后一次见到这些东西，银斑儿肯定察觉到我发现了它的宝物，它马上转移走了，至于转移到什么地方，我就无从知晓了。

据我一段时间的密切观察，银斑儿经历了无数次的历险和逃亡。它曾被一只雀鹰追逐，还多次被必胜鸟驱赶和恐吓，虽然没有造成多大的伤害，但总是让银斑儿心烦，避之不及，就像大人不愿意跟任性蛮横的小孩发生冲突一样。银斑儿有一个非常残忍的习惯，它每天早上会去小鸟的巢穴溜一圈，偷吃刚下的鸟蛋，就像医生定点查房一样次次不落。我们也不好说它这个习惯，因为我们不也是每天去鸡窝里掏蛋嘛！

银斑儿随机应变的本领非常高。有一天，我看到它嘴里叼着一块大面包飞下河谷。下面的河流正有工人在修建水道，已经完成了两百码。当它从水面飞过来时，嘴里的面包刚好掉下来，被水流卷进了看不见的水沟里。它飞下来，盯着水沟的入口，灵机一动，想到了一个点子，飞到水流的下游，在水沟的出口等着面包出现。当面包顺着水流冲出来时，它叼起了面包，如愿以偿地将其吞进了肚子里。

在乌鸦群里，银斑儿是绝对的顶尖人物。虽然它生活在危险的地方，但有充足的食物。它同它的伴侣每年都在那个破破烂烂的鹰巢里哺育后代。每当回到乌鸦群里，它又成了公认的首领。顺便说一句，在乌鸦群里，我一向认不出它的伴侣。

到了六月底，小乌鸦已经长得跟父母一般高了，但尾巴还没有变长，翅膀也不够硬，声音还很稚嫩。小乌鸦在父母的介绍下，进入老松林的乌鸦群。这里很快就成了小乌鸦的城堡和学校。乌鸦群栖居于此，隐蔽在森林的高处，十分安全。小乌鸦在此学习成功生存的技能。这种学习十分重要，因为对于一只乌鸦来说，即使最小的失误也意味着死亡，没有改正的机会。

头一两个星期，小乌鸦来到松林，主要是互相认识，每一只乌鸦都必须认识群体中的所有成员。趁此机会，它们的父母也可以在孵蛋之后短暂地休息一下，因为这些小家伙已经可以独自觅食了，还能在树枝上排成一排，就像大乌鸦一样。

接下来的一两个星期，小乌鸦该脱毛了。在这期间，它们的父母都会紧张不已，脾气也变得暴躁起来，但也并不妨碍它们训练自己的孩子。这些小家伙刚从娘胎里出来不久，并不喜欢唠叨和责罚，不过这也是为了它们好。银斑儿是个出色的老师。有时候它好像在做演讲，我不知道它说了什么，但从它们聚精会神的样子来看，演讲的内容一定精彩绝伦。每天早上，都会有一次集体训练，小乌鸦们按照年龄和力量分成几组。剩下的时间，就和父母一起出去觅食。

到了九月，小家伙们变化巨大，它们已经开始明白道理了。首先，它们眼睛里代表着幼稚的纤细的蓝色虹膜，变成了象征成熟的深褐色；其次，它们学会了自己训练，自己放哨；再次，它们掌握了辨别武器的本领，学习了线形虫和嫩玉米的区别。它们知道一位肥胖的老农妇虽然身形庞大，但远不如她十五岁的儿子危险。它们还能分清男孩和女孩，知道雨伞不是枪，还能从一数到六。对小乌鸦们来说，这已经相当不错了，虽然银斑儿可以数到三十。它们能闻出火药的味道，知道哪儿是铁杉树的南边，并且学会了梳理自己的羽毛。它们一般在飞行之后收三下翅膀，确保自己的翅膀收得整齐。它们还知道如何骚扰狐狸，让狐狸丢下吃了一半的美食；还知道当必胜鸟和紫燕发动突袭时，它们必须躲到灌木丛里，因为它们根本斗不过那些鸟，就像胖农妇对偷她篮子里那些苹果的小男孩无可奈何一样。这些本事，小乌鸦都熟练掌握了。不过，它们还没学到如何捕食鸟蛋，因为还没到季节。它们不认识蛤蜊，没见过马的眼睛，没见过玉米如何抽芽，对于能增长见识的旅行更是一点儿都不懂得。两个月前，它们还没考虑这个问题，现在老想着这事，它们必须要等待，等到羽翼渐丰的时候才能出发。

一进入九月，老乌鸦也面目一新。旧羽毛脱落，新羽毛丰满，它们又可以为自己美丽的外表而骄傲了。它们的身体得到了恢复，脾气也变好了。就连那位严厉的老师也变得开朗起来。曾经毕恭毕敬的小乌鸦，如今打心底里喜欢它。

银斑儿一直在训练小乌鸦，教它们各种常见的信号和口令。现在每天早上都能看到它们快活地练习着。

“一队！”老首领大声点名，然后一队的乌鸦也大声回应。

“起飞！”老首领领头，乌鸦群就跟着向前飞。

“上升！”乌鸦群就向上飞去。

“集合！”乌鸦群马上聚成一团。

“散开！”乌鸦群赶紧四散。

“列队！”乌鸦群就像平时飞行时排成一队。

“下降！”乌鸦群就向下飞，贴近地面。

“觅食！”乌鸦群散开，各自寻找吃的。这个时候，就会留两只乌鸦放哨，一只停在右边的树上，一只停在左边远处的小山上。不一会儿，银斑儿就会喊道：“有个拿枪的人！”哨兵会重复口令，乌鸦群马上散开，飞进树丛。训练结束后，它们又列队飞回了松林里。

不是所有的乌鸦都轮流放哨，只有警惕性高的乌鸦才可长期担任此项任务。它们一边放哨，一边觅食。我们觉得这些哨兵很辛苦，可是对乌鸦群来说却卓有成效。谁都知道，在鸟类中乌鸦的组织性最好。

最后，到每年的十一月，乌鸦群在出色的首领银斑儿的带领下，飞去遥远的南方，继续学习新的生活方式，掌握新的地标，寻觅新的食物。

三

乌鸦只有一个时刻不清醒，那就是夜晚。乌鸦只怕一种鸟，那就是猫头鹰。每当这两种东西凑到一起时，乌鸦群会遭受到最严峻的考验。夜里猫头鹰的叫声，会让乌鸦们把紧紧藏在翅膀下的脑袋伸出去，浑身颤抖地等待天亮。天寒地冻时，这种姿势会把脸暴露在外面，因此冻坏了眼睛，可能因失明而死亡。老松林里可没有给乌鸦看病的医院。

不过，天一亮，它们又精神抖擞了，把周围一英里内搜了个遍，非要找出那只猫头鹰。即使不将它杀死，也得狠狠折磨它，把它再赶出二十英里外。

一八九三年，乌鸦群又像往常一样，来到了法兰克城堡。几天后，我在树林里漫步，发现一只兔子拼命飞奔的足迹，好像被谁追赶着，不过，我没找到追踪者的脚印。我沿着兔子的足迹走，没过多久就发现雪地上有几滴血，再向前走，看到一具小棕兔的尸骸。凶手会是谁呢？我仔细地搜索了一圈，在雪地里找到了一个巨大的双趾脚印，以及一根漂亮的棕色条纹羽毛。这才揭开谜底，原来是一只猫头鹰。半小时之后，我又从那

猫头鹰

鸮（xiāo）形目中的鸟都被叫作猫头鹰，总数超过130余种。在除南极洲以外所有的大洲都有分布。大部分的种为夜行性肉食性动物，食物以鼠类为主，也吃昆虫、小鸟、蜥蜴、鱼等动物。

里经过，看到一只目光凶恶的猫头鹰，在距离尸骸不到十英尺远的树上。凶手还在犯罪现场徘徊，不过我刚才看到的证据却不见了踪影。我一靠近，它就发出“咕咕”的声音，展翅飞进远处的树林。

过了两天，早晨时，乌鸦群里传出了巨大的声响。我赶紧去看个究竟，发现雪地上飘了一些黑色的羽毛。我顺着羽毛飘落的方向追去，很快就看到一只血肉横飞的乌鸦尸体，旁边也有一个巨大的双趾脚印，看来凶手还是那只猫头鹰。周围都是搏斗的痕迹，凶手实在太强悍了，可怜的乌鸦夜晚就被猫头鹰从树上拽下来，黑暗让它深深地感到绝望。

我翻了翻乌鸦的尸体，看到它的头，吓了一跳，居然是银斑儿，唉，真让人伤心！它曾经悉心教导无数的小乌鸦提防猫头鹰，而它漫长而卓越的一生竟以这种方式结束了。

如今，那个老鹰巢已经彻底荒废了。每年春天，乌鸦群还会回来，在失去优秀的首领银斑儿之后，它们的数量日益减少，没过多久，在这片它们祖祖辈辈生活过的老松林里，再也看不到乌鸦群的踪影了。

06

麻雀兰迪

扫描二维码
听导读

兰迪与比蒂

叽叽喳喳……从纽约第五大道那边传来一阵阵尖厉短促的鸟叫声，原来是一群麻雀正在吵闹个不停！

五六只麻雀在一个水沟里吵作一团，而且越吵越起劲儿。可是，它们究竟为了什么事儿在争吵呢？

瞧，这会儿它们已经离开水沟，飞了出来。

只需留心看一下，你就会发现它们争吵的缘由。原来，那几只公麻雀正在争风吃醋呢！它们纠缠不休完全是为了它们中的一只母麻雀。追求爱情本来应该是件开心的事儿，可它们追求母麻雀的举动太粗鲁了。那只母麻雀最终被它们惹恼了。

显然，那几只公麻雀正在向母麻雀求爱；但很明显，对于这些公麻雀，母麻雀一只也没看上。关于这一点，只要看看它那噘着的小嘴就完全明了了。

过了一会儿，麻雀们转移了“阵地”，来到周围的一座建筑物上。那只母麻雀在扇动翅膀时，一片雪白雪白的羽毛露了出来，十分引人注目。麻雀的羽毛通常都是一种颜色，母麻雀这样的白色羽毛，非常少见。显然，正是这片白色的羽毛，让那只母麻雀成为众多公麻雀追求的对象。当然了，那

麻雀

麻雀是文鸟科麻雀属27种小型鸟类的统称。其中5种分布在中国境内。麻雀的分布相当广泛，除极寒冷的南北极和高山荒漠，世界各地均有分布。它们的大小、体色甚相近。一般上体呈棕、黑色的斑杂状，因而俗称麻雀。麻雀嘴短粗而强壮，呈圆锥状，嘴峰稍曲。除树麻雀外，雌雄均异色。

白色的羽毛不仅吸引了公麻雀，也给了我深刻的印象。

一群孩子正在为麻雀准备巢箱，他们在院子里钉上木桩，然后把巢箱放在木桩顶上。孩子们都希望能有麻雀住进他们精心准备的巢箱里。

果然有一天，一只麻雀飞到了巢箱边上。它认认真真地把巢箱瞧了个遍，似乎对巢箱十分满意，随后便开始准备在巢箱里筑巢了。一般来说，麻雀都是成双成对，一起筑巢的，可是这只麻雀却孤孤单单的一只。这真让人无法理解，可事实上，让人无法理解的还远不止这一点。

比方说，这只麻雀在筑巢的时候只选用小树枝。更怪异的是，它竟然能像金丝雀那样歌唱，还唱得有模有样的。

怎么回事呢？原来，这只麻雀有着不同寻常的经历。它之所以会像金丝雀那样唱歌，是因为它从小就和金丝雀住在一个笼子里。那时候它的主人是纽约第六大道上的一个理发师，他十分喜欢养鸟。

某一年，理发师在金丝雀的巢里放了一枚麻雀蛋，不久之后，小麻雀就破壳而出。没想到，那些金丝雀竟然把小麻雀当作自己的孩子，尽心尽力地照顾它。金丝雀的歌声很美，小麻雀长时间耳濡目染，也学会了像金丝雀那样唱歌。不仅如此，小麻雀还养成了用柳树枝筑巢的习惯，因为金丝雀们就是那样做的。

渐渐地，小麻雀长大了。来理发的客人个个儿都爱逗它玩，因为它确实非常讨人喜欢。但是它却有不少缺点，比如说，它好胜心太强，总是很卖力地唱歌，为的就是超过金丝雀们。还有，它还很不讲理。只要金丝雀们一唱歌，它就气急败坏地打断人家，然后自己起劲儿地唱起来。

然而，有些鸟儿是注定关不住的，它们向往着外面那更加精彩的世界。这一天，小麻雀终于等到了机会——放置鸟笼的隔板坏了，鸟笼掉在地上摔开了门。小麻雀和金丝雀们都趁机跑了出来，可性格温顺的金丝雀并没有飞远，它们最终被理发师抓了回去，而小麻雀却幸运地逃走了。打那时起，小麻雀就过上了自由自在的日子。

在院子里的巢箱里筑巢的，正是那个逃出来的小麻雀，它的名字叫兰迪。它筑巢花费了很多时间，整整一周才把巢筑好。它只见过金丝雀那用细树枝筑成的巢，以为巢都是用细树枝来筑，于是就有样学样，按照金丝雀的方法筑巢了。

不久之后，麻雀兰迪竟然带了一只母麻雀回来，那估计就是兰迪的新娘子了。奇怪的是，那个新娘子看起来非常眼熟。我仔细地看了一下，呀，这不是在纽约第五大道跟几只公麻雀在水沟里吵吵闹闹的母麻雀吗！我是怎么知道的呢？因为它的翅膀下面有一片雪白雪白的羽毛呀！咱们也为它取个名字，就叫比蒂吧。

我想，母麻雀比蒂之所以会答应做兰迪的新娘，很可能是因为它被兰迪那美妙的歌声打动了。

新家

新娘已经被心急的兰迪带回了家，可没想到的是，比蒂还没站稳脚跟就飞了出去。突如其来的变故把兰迪急坏了，它担心比蒂一走就再也不回来了。兰迪一脸的可怜相，不停地在呼唤比蒂。比蒂还是心软了，又随着兰迪回到了巢里。

然而，很快比蒂就又飞出去了！这一次，它看起来非常生气，嘴里不停地嘟囔着什么，但肯定不是什么好话。兰迪耐心地安慰比蒂：“你消消气行吗？千万别气坏了身体，还是先进屋里来吧。”听到兰迪这么说，比蒂不再嘟囔了，再次飞进巢里。可不一会儿，它就叼着一根小树枝飞了出来，随后它把树枝往地上一丢，径直飞走了。这一次，它是真的飞走了。

紧接着，兰迪也飞了出来。它神情沮丧，似乎有点想不通：自己花费了那么多精力和心思筑成的巢，为什么不能让比蒂满意呢？兰迪还一直以自己筑的这个鸟巢为傲呢，可现在它却一副心灰意冷的表情，没精打采地站在巢箱的进出口。这样的打击实在让它难以接受啊！

又过了一会儿，兰迪又开始呼唤起来：“比蒂，快回来吧！我求求你了，好不好？”看来，它还是不死心啊。可是，它把喉咙都喊哑了，比蒂还是没有回来。

兰迪呼唤了好久好久，可丝毫也不见比蒂的影子。看来比蒂是真的不回来了，所以兰迪只好失望地回到巢里。很快，它就从巢里叼出一根大树枝，之后丢到了地上。随后，它进进出出很多次，最终把巢里的小树枝都丢掉了，其中竟然有一根是从联合广场那边叼来的。就这样，兰迪不声不响地忙活了一个小时，把花费一周时间辛辛苦苦捡来的小树枝全扔掉了。

最后，它向树底下那一小堆被扔掉的树枝看了看，又瞧了瞧被拆得不成样子的巢，尖叫了一声，便扑棱扑棱飞走了。我想，那尖叫声多半是麻雀之间的惯用语。

到了第二天，兰迪又把比蒂带了回来，并把它请进巢里。比蒂刚进去就立刻飞了出来，它盯着地上那堆小树枝，看了一会儿，之后又回到巢里，把剩下的小树枝都扔了出来。看着被扔掉的小树枝，比蒂满意地说："嗯！这下就好啦！"

接下来，比蒂大概又进进出出地跑了十次，之后便跟兰迪一起飞走了。

过了不大会儿，它们又飞了回来，此时兰迪嘴里衔着一根麦秆，而比蒂嘴里则叼着一些干草。呀，原来它们是想重新筑巢啊！它们忙个不停，用嘴把材料运送到巢里，之后又飞出去寻找材料。

现在的兰迪已经算得上是一个"模范丈夫"了，变得体贴而温顺。它担心比蒂太过劳累，便主动提出一个人去寻找并运回材料，而让比蒂待在家里好好休息。不过，如果兰迪出去很久还没回家的话，比蒂还是会去找它的。

我对这两只麻雀充满好奇，于是特意做了一个小小的实验。我准备三十根颜色不同的缎带，有些是暗色的，有些则比较鲜艳。我想看看它们两个究竟会选择哪种颜色的缎带。一开始，它们都选择暗色的缎带，等暗色的缎带被叼光了，比蒂便开始叼那些颜色鲜艳的，而兰迪呢，似乎只对那些暗色的缎带“情有独钟”，大概是因为那些缎带的颜色跟小树枝、小木棍的颜色更接近。

一次，兰迪忍不住又把一根小树枝放进了巢里，它大概是这样想的：只放这么一小根树枝的话，比蒂应该不会生气吧。谁承想，比蒂还是生它的气了，尖叫着说：“我说了不行就不行，你怎么还敢弄进来！”说着，它叼起那根小树枝就往外丢。

比蒂做了兰迪的妻子，可它现在才发现，很多应该知道的事儿，兰迪全都不知道，比如，筑巢该用什么样的材料；其他的很多事儿，估计它也是一无所知。

有一次，兰迪火冒三丈地跟比蒂发脾气：“这都是什么东西啊？软塌塌的，躺着能舒服得了吗？”原来，比蒂从外面叼了一些羽毛回来。

兰迪不喜欢软软的羽毛，于是趁比蒂不在家的时候便叼起羽毛往外面丢。可没想到，这时候比蒂又叼着羽毛回来了。见家门口有羽毛一片片往地上飘落，比蒂赶紧冲上去用嘴巴去叼。直到把所有羽毛都叼住，它才飞到家门口，结果正碰到出来扔羽毛的兰迪。见此情景，比蒂怒火中烧，厉声责问兰迪：“你这是在干吗呢！”兰迪也气不打一处来，叫道：“你瞧瞧，这都是什么破东西！能用来铺床吗？！”

两只麻雀脾气都很大，此刻谁看谁都不顺眼，于是越吵越厉害。它们嗓门也越来越大，搞得嘴里的羽毛飘得到处都是。比蒂坚持要把羽毛放进巢里，而兰迪就是不让。就这样，它们吵啊吵啊，吵了很久，终于有人让步了——兰迪决定顺着比蒂的意思做。看来，兰迪还是拗不过脾气暴躁的妻子比蒂啊！

“羽毛战争”的第二天，兰迪和比蒂一起打扫“战场”——它们找到了门外散落的羽毛，并把它们都叼回了巢里。

然而兰迪非常固执，它还是想趁比蒂不注意放几根小树枝在巢里。

说行动就行动！兰迪向四周看了看，还故意叫了比蒂两声，但比蒂并没有回应。看来，比蒂确实已经飞远了。兰迪立刻飞到一个小树枝堆旁，叼起一根带杈的小树枝，迅速返回巢里。糟糕！这根带杈的树枝被卡住了，怎么都弄不到巢箱里去。后来，兰迪费了九牛二虎之力，终于把这件事儿搞定。为了避免被比蒂发觉，它用那些柔软的材料把小树枝严严实实地覆盖起来。

总算是成功啦！兰迪好像完成了一件大事，心情舒畅无比。它悠闲地飞到外面，环顾了一下四周，然后整理了一下羽毛，开始得意地唱起歌来。它越唱越起劲儿，唱完一首又一首，嗓门也越来越高，甚至还创作出了新调子。一看就知道它有多幸福快乐啦！

过了不大一会儿，比蒂再次叼着羽毛回来了，此时心情好到不行的兰迪，热情地把比蒂迎进屋里，并帮它把羽毛全都铺好。到这时，两只麻雀的新家总算是筑好了。

鸟蛋与玻璃球

两天之后，我偷偷看了看它们的新家，真是美好而舒适啊！

一般来说，麻雀都有一个习惯，就是当发现有人偷窥它们的巢时，它们就会惊声尖叫。但兰迪和比蒂这两只麻雀并不如此。它们发现我在偷看它们的巢时，只是躲在烟囱后面，远远地盯着我看。

麻雀的习性

麻雀多活动在有人类居住的地方，性极活泼，胆大易近人，但警惕却非常高，好奇心较强。如得到人救助的麻雀会对救助过它的人表现出一种亲近，而且会持续很长的时间。

偷看麻雀窝的第二天，我发现巢箱里的麻雀吵吵闹闹的，觉得肯定有事情要发生，便走近巢箱想一探究竟。原来，兰迪藏的小树枝被比蒂发现了！见到我来了，比蒂本能地往后躲，但马上又被兰迪拉住了。

不一会儿，比蒂就叼着那根小树枝飞了出来。显然，它非常生气，虽然兰迪视那些小树枝为珍宝，但比蒂才不管那么多，它把叼出来的小树枝狠狠地摔到地上。

兰迪精心藏起来的“宝贝”就这样被比蒂当破烂儿丢掉了！不止如此，比蒂在丢树枝的时候，还把一枚珍贵的麻雀蛋也丢到了地上，摔得稀烂。然而，它们好像并没有伤心，因为不久它们就又有了五枚新麻雀蛋，这五枚蛋如今正在巢里并排躺着呢。

这时候，我又想到了一个新点子。我打算再做一个小实验：把一个类似麻雀蛋的东西放进它们的巢里。

这一天，我趁着兰迪和比蒂不在，偷偷把一颗玻璃球放进了它们的巢里。接下来会发生什么呢？我很期待。可就在隔天的早上，我却碰到了一件怪事。

那一天，在去往纽约第五大道的路上，我看到很多人都往道边的水沟里瞧。我也很好奇，便走过去挤进人群看了看：呀，原来是两只麻雀在打架！它们互相啄着对方，谁也不肯让步。又过了不大一会儿，它们好像是打累了，彼此用翅膀和尾巴支撑着身体，边气喘吁吁，边怒目相视。我仔细一看，这不是兰迪和比蒂吗！

一切都还没有结束，过了一会儿，它们的“战争”又开始了。这时候，一个看热闹的人对众人“嘘”了一声，接着便伸手去捉兰迪和比蒂。可还没等他靠近，兰迪和比蒂就逃得无影无踪了。它们的“战争”还未停止，只是把“战场”搬到了附近的一个房顶上。

下午的时候，我发现玻璃球已经被兰迪和比蒂扔出了巢，可除此之外，它们把五枚麻雀蛋也扔了出来。毫无疑问，兰迪和比蒂打架的导火索就是这颗玻璃球。

然而，兰迪和比蒂很快就和好如初了，此前所有不好的事也被忘记了，包括五枚麻雀蛋也被扔出巢这件事。它们打算开始一段新的生活。为了躲开人类的威胁，比蒂建议另建一个新家，兰迪欣然同意了。它们把新家的地址选在马吉逊广场中央一个悬挂着的灯罩里。

兰迪和比蒂急于建设新家，即便一连几天都在刮大风，也丝毫没影响它们筑巢的进程。大约一周后，它们的新巢就筑好了。虽然这个新家总是摇摇晃晃的，里面的灯泡也总是发着光，但它们并不介意。可是后来，不幸的事情又发生了——它们的新家被人类毁了！原来灯泡里的灯丝烧断了，而电工在更换灯泡时，顺手也把它们的巢扔了出去。

打败领带麻雀

麻雀是一种生命力很强的鸟类，虽然身体娇弱，但它们性格坚强，毫不畏惧困难。这不，新家被人类毁了之后，兰迪和比蒂索性又搬家了。这一次，它们把家搬到了马吉逊广场公园里的一棵榆树上。

听说在这里有一对麻雀夫妇，平时称王称霸，是出了名的讨人厌。它们就住在马吉逊广场对面，其中那只公麻雀膘肥体壮，它的喉咙下面有一些羽毛是黑色的，看起来就像一条领带，所以咱们称它“领带麻雀”。

据说领带麻雀的妻子是附近最漂亮的母麻雀，它们的家安在附近的一处风水宝地——新建银行的大理石柱子上，是一座典型的豪宅，而且筑巢用的所有材料也都是最棒的。

在广场这里生活的麻雀们，都想用珍珠鸡的羽毛筑巢，因为在它们看来，珍珠鸡的羽毛是筑巢的上等材料。起初，有只麻雀从一个动物园里叼来了一些珍珠鸡羽毛，可后来却被霸道的领带麻雀抢了去！

可以说，在马吉逊广场附近，领带麻雀就是土皇帝，它横行霸道，盛气凌人，看谁不顺眼就修理谁，简直是目中无人。

有一天，兰迪正在唱它的金丝雀之歌。领带麻雀听到了，竟然径直飞过去要修理兰迪。

兰迪本来脾气很大，但在强壮的领带麻雀面前，它不得不屈服了。而领带麻雀呢，见兰迪认了怂，便更加气焰嚣张了。它趾高气扬地跑进兰迪家里，看中了几根彩色的带子，便想拿了就走。

兰迪见领带麻雀如此霸道，顿时火冒三丈，于是鼓足勇气就朝领带麻雀冲过去。

这时候飞来了好多麻雀，可出人意料的是，它们竟然是来帮领带麻雀的！兰迪是“好汉难敌四手”，很快就败下阵来。此时，一只母麻雀杀了过来，它扇动翅膀时露出了白色的羽毛，原来是比蒂！它毫不畏惧，横冲直撞，把那些欺负兰迪的麻雀全都吓跑了。

那个气焰嚣张的领带麻雀也受了伤，它尾巴上的羽毛被比蒂拔掉了很多。这时候，兰迪也瞬间英勇起来，冲着领带麻雀就是一顿拳打脚踢。领带麻雀再厉害，也不是兰迪和比蒂的对手，于是它想赶紧趁机逃跑。可是，比蒂是不会放过它的。

比蒂闯进了领带麻雀的家，把当初领带麻雀抢来的珍珠鸡羽毛全都夺走了，甚至它还啄掉了领带麻雀的很多毛，并把它们也拿回去当筑巢材料了。

筑巢的最佳时间已经错过了，兰迪和比蒂越来越难找到筑巢的好材料了。不过没多久，比蒂就发现了一种可以替代羽毛的好材料——马毛。比蒂在广场的十字路口附近找到了一地的马毛，那是马车在此停靠时从马儿身上掉下来的。

于是，兰迪和比蒂有了新工作——收集马毛并运回家去。可是马毛太长了，对它们来说并不好运送。幸好，它们想到了好方法：它们把每根马毛折上两三次，然后再往头上一绕，之后就可以顺利运回家了，每次都能运上两三根呢！

事实上，用马毛筑巢这个点子是比蒂从其他麻雀那里学来的，它原本并不知道。可是，运送马毛其实是一项危险的工作——把马毛绕在头上，一旦马毛缠住脖子，就可能有生命危险。不过，这样的情况并没有发生。兰迪和比蒂用马毛代替麦秸，很快就把巢筑好了。

忘我地歌唱

兰迪又跑去弄马毛，但比蒂觉得已经够了，于是它就回来了。我也很好奇，比蒂究竟是用什么办法通知兰迪的呢？我不知道。兰迪没事情可做了，于是它飞到一尊铜像的头上引吭高歌。这一次，它想改改调子，于是它清了清嗓子，卖力地唱了起来。

就在兰迪唱得起劲儿的时候，突然传来了比蒂的尖叫声。兰迪本能地望向它们的巢，发现比蒂正在巢的附近飞，可不知怎么回事，它飞了一点儿就停住了。

到底发生了什么事儿？！兰迪心急火燎地飞了过去，发现比蒂的脖子竟然被马毛的一端缠住了，而马毛的另一端则死死地缠在榆树枝上。

兰迪不知所措，只是边飞边叫，心急如焚地绕着比蒂打转。虽然它们平时经常吵架，但事实上它们非常爱对方。尤其在关键时刻，你更能看出兰迪是多么爱比蒂了。此刻，兰迪绞尽脑汁要把比蒂救出来，于是它努力拉着比蒂的脚往外拽。可是，这样做非但没把比蒂救出来，反而让比蒂的脖子被缠得更紧了。

比蒂最终没有逃脱厄运，悲哀地死去了。对于比蒂的死，兰迪一时无法接受。直到第二天，它发现比蒂还是一动不动地吊在那里，它才不得不接受这个现实。

其实，兰迪不但性格暴躁，脑袋也不怎么好用。它对人和车都不会提防，因为它是人类养大的，对这些习以为常。

一个下午，兰迪正在路边发呆，突然有个邮递员骑着自行车经过。它还没来得及躲闪，就被自行车前轮轧到了尾巴。紧接着，它想要逃的时候，翅膀又被后车轮轧成重伤，不能飞了。

受伤的兰迪拖着翅膀，一蹦一跳地奔向一片树荫。现在它身体虚弱极了，想用树荫掩藏自己。正在这时，一个小女孩带着一只小狗走了过来。看到兰迪受伤，小女孩便把它抓住了。

这个小女孩是很有爱心的，她把兰迪带回家之后，对它呵护备至。

过了几天，兰迪的身体全好了。它开心地唱起歌来，那歌声就跟金丝雀唱的一个样。小女孩一家都觉得太神奇了。没过多久，这件事就流传开来。兰迪渐渐成为众人关注的焦点，还吸引来了不少记者。

很快，兰迪的故事就上报纸了。巧合的是，饲养过兰迪的理发师看到了这则报道，他带着一些见过兰迪的客人，去小女孩家索要兰迪。他告诉小女孩一家："这只麻雀是我饲养的，后来被它跑掉了。"说完，他又指着身边的人说："他们都听过这只麻雀唱的金丝雀之歌，全都可以给我作证。"

听完理发师的各种解释，小女孩大方地把兰迪还给了他。终于，兰迪要回"老家"了！

理发师又把兰迪关进了笼子里，就像从前一样，兰迪又过上了以前的日子。

在这里，生活富足而安逸，与外面风霜雪雨的生活有天壤之别。兰迪再也不必去苦苦寻找食物，它的生活惬意极了，每天都吃得很饱，吃饱之后就悠闲地唱歌。

有趣的是，兰迪有一个习惯仍然没有改变，就是经常用一些小棍棍来搭建自己的巢。它似乎很怕别人看它筑巢，总是把看它筑巢的家伙赶走。不过，如果有谁在它的笼子里放上几根羽毛，它也会不客气地收下。奇怪的是，它只是把这些羽毛在巢里放一夜。第二天一起来，它就会把所有的羽毛都扔掉。

兰迪筑巢的事儿被细心的理发师发现了，他以为兰迪是想娶媳妇了，便找来一只母麻雀放进了笼子里。谁知，兰迪不喜欢任何母麻雀，根本不领理发师的情。为了表达它的反抗，兰迪在笼子里横冲直撞，这把那只母麻雀吓坏了。无奈之下，理发师只好把母麻雀放出了笼子。

兰迪继续过着安逸的生活，继续唱它的金丝雀之歌，不过它更像是在唱战歌！理发师每次抓来别的公麻雀放到兰迪面前，兰迪便一定会斗志昂扬地歌唱起来。

麻雀兰迪几乎把全部精力都放在了唱歌上。如果你到理发店旁边去，就能看到它在精力充沛地、忘我地歌唱。它是一个寂寞者，却似乎忘记了寂寞、忧愁以及悲伤。它就像一个修道士，在经历了生活的酸甜苦辣，懂得了生活的艰辛不易之后，回归了心灵的宁静，让自己的余生在欢悦祥和中度过。

07

贫民窟里的猫

扫描二维码
听导读

母猫和它的孩子

在小巷子里，一个男人正在推着车高声吆喝：

“卖肉啰！卖肉啰！”

一阵阵吆喝声如同魔法一般，引来无数只猫，它们一只只从各个角落钻了出来，纷纷向这辆手推车聚集靠拢。路边有一条狗，但猫们完全不把它当回事儿，它自己也摆出一副与世无争的样子。

“卖肉啰！卖肉啰！”叫声过后，我们才看清楚这个卖肉的人，他看起来很粗壮，个子矮矮的，身上邋遢极了。他一边叫卖一边推着车向前走，而那些猫就紧紧地跟在他身后。

前进了五十米左右，那个男人突然停了下来。只见他从车上的箱子里取出一个铁扦子，上面串的是一些猪和牛的下水，对猫们来说简直香气扑鼻。接着，他用一个长木棍把扦子上的肉类全都撸了下来，丢在地上。顿时，所有的猫蜂拥而上，各自叼起一块便迅速转身跑开，嘴里还“喵呜喵呜”地叫着。它们的眼睛闪闪发光，睁得圆圆的。原来它们正在巡视四周，好找一个安静的地方享用美食。

“卖肉啰！卖肉啰！”很快又有一些猫跟了上来，它们是想再吃一块肉。这些聚在一起的猫都是谁家的，卖肉的男人很清楚：小白来自丹顿太太家，小黑来自琼斯家，小虎来自卡斯蒂利贝妮家，这边这只是普拉利特斯卡家的托克谢尔，那边那只轻手轻脚的是布伦金家的马尔特，而爬上手推车的那只黄猫，名叫比利……

难道这个男人是个乐善好施的慈善家？根本不是，他应该算是一个恬不知耻的家伙。原来，他之所以会这样做，是因为猫们的主人都事先交过钱了，他就按照交钱的多少来给这些猫分肉吃。比利的主人这个月没交钱，但比利脸皮非常厚，今天它还想蹭一顿肉吃。可这个男人很精明，他的账本上清楚地记着谁的主人如期交了十美分，谁的主人没有交钱。不过，他的账本是自己的头脑，而不是写日记的本子。

伏西家没有交钱，所以他们家的那只猫只分到了一小块肉；酒厂老板家的猫，脖子上系着彩带，它分到了一大块肉，因为酒厂老板交了很多钱；警察先生并没有交钱，但是他家的猫也分到了不少肉，因为他很关照肉店，所以他的猫便沾了他的光。

当然了，也不是所有的猫都能吃到肉。比如，有一只带白纹的黑猫就没吃到肉，还被卖肉的男人赶跑了，但之后又追了上来。它想不明白，明明一

真正的野猫

这里介绍的是真正的生活在野外的野猫，而不是指流浪的家猫。野猫是一种小型猫科动物，该物种有多达27个亚种被确认，不同的亚种体型大小，毛色和花纹各不相同。在干燥的地区，野猫的皮毛往往比较苍白和色浅，斑纹也较模糊；而来自湿润地区的往往较黑暗，斑点或条带状更深。野猫栖息于草原、沼泽地和海拔1000米以下的盆地或低地山区森林地带，对环境的适应性较强。但一般不进入冬季严寒和积雪覆盖地区，活动偏向于比较干旱地带。野猫是独居动物，夜行性。一般在清晨和黄昏时分捕猎，吃啮齿动物、昆虫、鸟类和一些小的哺乳动物。

直都有肉吃，可今天怎么却被这样对待呢？单纯的它哪里知道，它的主人这次并没有交钱。卖肉的男人自然心中有数，他可精明着呢！

手推车周围围了好多好多猫，大概有四百多只，其中有些运气好的也能白捞上一块儿肉。此外，在这个巷子里还有很多野猫，它们也涌了过去，都想碰碰运气，看是不是能占点儿便宜。

在这群野猫之中，有一只又高又瘦、身上很邋遢的灰色母猫，它和它的孩子们就住在这个巷子中一个无人知晓的角落里。此刻，它也正站在手推车旁碰运气。看着那些有肉吃的幸福的猫，它羡慕极了。

突然，一只野猫看中了一只小猫领到的肉，它扑上去便抢，想从小猫的嘴里把肉抢到，结果肉却掉到了地上。野猫与小猫开始掐起架来，而灰色母猫刚好捡了个漏儿，叼起那块肉便跑了。

灰色母猫先穿过墙角的一个小洞，又越过一堵厚墙，最后跑到了一个僻静的角落里，一坐下就开始狼吞虎咽地吃起肉来。享用完美餐之后，它心满意足地舔了舔嘴唇，之后快乐地往家走。它的家是一个饼干盒子，在一个垃圾堆旁边。在那里面，孩子们正在等待它们的妈妈回家。

快到家的时候，灰色母猫突然听到了孩子们无助的叫声。它急速跑了回去，见一只健壮的公猫正在咬它的孩子呢！母猫一边嗷嗷大叫，一边愤怒地朝比自己大很多的公猫扑了过去。可那只公猫却立刻逃走了，就像是干了坏事怕被人发现一样。

灰色母猫见“坏人”逃跑了，赶紧去查看盒子，却发现里面只剩一个孩子了。这只幸运的小猫很像它的妈妈，鼻头、耳朵及尾巴尖儿上都有些白毛，身上大部分是灰色的，但夹杂着一些黑色的花纹。

灰色母猫失去了孩子，悲伤了两三天，之后，它把所有的爱都给了这个命大的“幸运儿”。那只黑猫真可恶，它咬死那些小猫肯定没安好心，但这样倒使得灰色母猫养育孩子的负担一下子减轻了很多。

现在，灰色母猫一心只想把幸运的小猫抚养好，它没事儿就在垃圾场附近寻找食物。在母爱的滋养下，小猫很快就长成为一只强壮的猫。

其实，垃圾堆里有很多好东西，虽然没有肉块，但像鸡骨头、土豆皮之类的东西很多很多，所以灰色母猫每天出去觅食都能有所收获。

一天夜里，一股诱人的香气从后街尽头的河面上飘来，这气味虽然陌生，却充满了诱惑。母猫闻到后，顺着气味就向岸边的码头奔去。

深夜已经来临，周围一片漆黑。灰色母猫正在往码头奔，身后却突然传来了一阵阵狗吠，接着便听到粗笨的脚步声。不好！原来它不小心跑进了狗的地盘。为了捍卫地盘，狗怒气冲冲地朝母猫奔跑。无奈之下，母猫只好本能地向岸边的船逃去。

灰色母猫从码头跳上甲板，但狗并没有跟上去。母猫发现那股腥味正是从船上飘出去的，因此为了逃命，也出于好奇，它便一直待在船上没下船。可第二天一早，船竟然开动了，灰色母猫就这样随船而去，再也回不来了。

从此以后，码头上和巷子里再也见不到灰色母猫的身影，它就这样失踪了。

小猫觅食历险记

那只小猫并不知道妈妈回不来了，还在盒子里等妈妈……一整晚都过去了，新的一天又开始了，可妈妈依旧没有回来，小猫的肚子饿得咕噜噜直叫……又到了晚上，小猫还是没见到妈妈的影子，出于本能，它准备自己去寻找食物了，不然的话，它会被饿死的。

小猫摇摇晃晃地爬出了盒子，它在盒子周围左闻闻、右闻闻，可周围都是些废弃的破烂东西，一点吃的东西也找不到。

又过了一会儿，小猫遇到了一座木制的楼梯，它用了很大力气才爬到木头阶梯上，接着又从另一边陡峭的台阶上走了下去。台阶下面有一个门，那是一个宠物店地下室的入口，开着一点儿缝。其实不光这个门是开着的，其他的门窗也都是半敞着的。小猫就从这个门缝大摇大摆地穿了进去，突然感到一阵奇怪的味道扑面而来。

在地下室的角落里有一个黑人，他正呆呆地坐在一个箱子上。发现小猫进来之后，他便十分好奇地盯着小猫看。小猫一步步往里走，从几只兔子跟前经过，可兔子们连理都不理它。

接着，小猫走到一个由铁栅栏围成的笼子旁边。这个笼子里关着一只狐狸，它起初很绅士地窝在角落里，可当小猫使劲儿把头往笼子里伸，用鼻子去闻食物的气味时，它突然扑过来，把小猫一下按住了。“喵呜——”，小猫只叫了半声就叫不出来了，因为那只狐狸咬住了它的脖子。人们都说猫有九条命，可如果被咬断喉咙的话，那即使它生命力再顽强，也一样会小命难保。

千钧一发之际，那个黑人跑了过来。他没有进笼子，也没有拿什么武器，只是朝着狐狸狠狠地啐了一口口水，那狐狸就乖乖地把小猫放开了。之后，它便逃到笼子的角落里，卧了下去。

接着，那个黑人把小猫从笼子里揪了出去。一开始，他可能觉得小猫已经一命呜呼，但仔细一瞧，却发现它只是吓晕了。

在遭受狐狸的突袭时，小猫差点儿就窒息而死。这会儿，它好不容易才苏醒过来。只见它东倒西歪地转了几个圈儿，稳了稳心神，又在黑人的双腿上休息了两三分钟，之后精神才逐渐恢复，喉咙里开始发出“呼噜呼噜”的响声。

过了一会儿，小猫彻底恢复过来了，身上一点儿伤也没留下。这时候，宠物店的老板回来了。宠物店的老板是很“喜欢”动物的，因为这些小动物能够给他带来丰厚的回报——他以卖鸟和其他小动物为生。不过呢，他并不喜欢流浪猫，对巷子里的那些野猫更是厌恶至极。

见到小猫之后，宠物店的老板愤怒地对黑人说：“我才不要这种没用的玩意儿！”于是，黑人拿了很多食物给小猫吃，之后就把它带到巷子里，丢进了某个角落的垃圾堆里。

吃过食物之后，小猫的精神好了很多，开始在垃圾堆附近走来走去，还东瞅瞅、西望望。对面远处的一个高高的窗户上吊着一个鸟笼，笼子里有只可爱的金丝雀在蹦蹦跳跳。小猫很羡慕这只金丝雀，便爬上高墙，想站在尽量高的地方看向对面。

小猫正看得出神，墙的另一侧突然跑来一只大狗。小猫心里很清楚，这个大家伙还是不惹为妙。于是，它立刻缩回脑袋，转身从高墙上跳了下来。不一会儿，它找到了一个很舒适的地方。它趴下身子，任凭温暖的阳光洒在身上，很快就进入了梦乡。

大概过了一个小时，小猫被一阵粗重的呼气声吵醒了。它慢慢睁开眼睛，发现一只大黑猫正站在跟前，它眼里闪着绿光，下巴又宽又方。这是一只大公猫，它的脸颊上有一道明显的伤痕，左侧的耳朵上也有一个豁口。

大黑猫看上去一点儿也不友善，它“喵——呜，喵——呜”地朝小猫低吼，两只耳朵向后微微竖着，而尾巴尖也在不停地摇摆着。

其实，这只黑猫正是咬死小猫那些兄弟的坏蛋，可小猫根本就不知情，它甚至不知道黑猫现在想做什么。不过，小猫一点儿也不害怕这只黑猫，它站起身便朝对方走了过去。没想到，这个举动竟然把黑猫吓到了。黑猫完全没有想到，这只小猫竟然对它毫不畏惧。最后，黑猫并没有把小猫怎么样，只是在旁边的杆子上蹭了蹭下巴，便转身离开了。

毫无疑问，假如小猫不是走上前去，而是转身逃跑，那肯定会被黑猫杀死，因为猫最喜欢追杀那些逃跑的家伙。小猫这次可以说是侥幸捡了条命。

傍晚的时候，小猫的肚子又饿了，它认认真真搜寻了一条又长又弯的管道，并选了一段最可能出现食物的，慢慢把鼻子探进去，嗅了又嗅，可并没有什么收获。后来，它在院子的角落里找到了一个垃圾箱，那里面散发出一阵阵食物的气息。它在里面翻翻找找，终于找到了一点儿食物。

吃完东西后，小猫又跑到水管子底下，喝了点儿铁皮桶里的水。整整一个晚上，它都在院子里来来回回地走，已经完全了解了整个院子的布局。接着第二天，它跟以往一样，在太阳底下一睡就是一整天。

日子在一天天过去，它过得却是饥一顿饱一顿的生活：有时候它能在垃圾箱里找到点儿食物，可有时候却会一连三天饿肚子，甚至连水都喝不到。看来，仅仅依靠这个垃圾箱是不行了。

更可怕的是，有一次，小猫发现那只大黑猫也去了那里寻找食物！趁着还没有被对方发现，小猫悄悄地离开了那里。

有一天，小猫发现高墙下面有个窟窿，它小心翼翼地钻过去，想到对面去寻找食物。高墙的那一面十分开阔，可小猫还没来得及寻找食物，就被一只狗发现了。啪嗒啪嗒——那只狗正在向它飞奔过来，小猫见事情不妙，迅速从窟窿退了回去。

这个时候，小猫心里害怕极了，它的肚子已经饿得瘪瘪的了，可还是一点儿食物也找不到。幸运的是，它最终找到了一块烂土豆皮，这可把它乐坏了。

第二天一早，有一群麻雀正在地上欢快地蹦蹦跳跳，还叽叽喳喳地吵个不停。小猫之前从没有打过麻雀的主意，可现在它确实饿极了，很想抓一只麻雀来饱餐一顿。于是，它就用一些废弃的破烂儿把自己掩藏起来，接着，偷偷地从一个地方溜到另一个地方，慢慢地接近猎物。

小猫总是想抓住离它最近的麻雀，通常它在准备就绪之后，便猛扑过去。可是，麻雀每次都能在关键时刻逃脱。就这样，它尝试了很多次，仍然一无所获，最后所有的麻雀都飞走了。

整整五天时间，小猫什么东西都没吃过。再这样下去，它是一定会被饿死的。无奈之下，它决定到大街上去碰碰运气。

小猫朝着通往巷子的那条路走去，没承想，刚刚钻过高墙下的窟窿，一露头，就被几个小孩子发现了。他们拿着石块向小猫丢，吓得它转身就跑。正在这时，狗也追了上来。情急之下，小猫看到前面有一个铁丝网，于是它猛地一跃身，跳到了铁丝网上。

就在这个时候，街边高高的窗户上突然伸出一个头，原来是一个女人听到了外面的狗叫声。她把狗狠狠呵斥了一番，那只狗怯怯地嗅了嗅，知趣地转身离开了。紧接着，小猫竟然交到了好运：那个女人家的孩子把一块肉丢给了它。小猫出世之后，还是第一次吃到肉呢，真是太美味了！

美味享用完了，小猫并没有离开，它待在那家的台阶下面，想再交点儿好运。然而，直到深夜，周围一片寂静了，它还是没有再交到好运。于是，它就偷偷回到了平时落脚的垃圾堆旁。

黑猫与黄猫

两个月过去了，小猫变得身强体壮，块头儿也大了很多。对于周围的情况，它已经了若指掌，而在巷子里生活，它也已经能够应付自如。比如街上那些一个挨一个排成排的垃圾桶，它全都一清二楚。谁家的垃圾桶里有好吃的，谁家的桶里空空如也，它全知道。

不仅如此，小猫还认识了那个卖肉的男人，知道他每天都会到巷子里分肉给猫们吃。不过，它是没肉可吃的，因为没有人给它交钱。每当那些有肉吃的猫围住手推车的时候，它也会加入野猫的行列，在一旁静待时机。另外，它还遇到过码头那边的狗，曾目睹它们杀死巷子里的猫。不过，它自己是知道如何提防和躲避那些狗的。

小猫偶然学会了一种新式的觅食方法。每天早上，送牛奶的人会把牛奶准时送到订购者家，很多时候会放在大门前或窗台上。等送奶工一离开，有些猫就会打起牛奶的主意，小猫也不例外。可是，牛奶瓶盖拧得太紧了，那些猫别说是吃，就连味道都闻不到。

不过，在运气好的时候，小猫偶尔会碰到几个没拧紧的牛奶瓶，于是它便趁机将牛奶咕咚咕咚地喝个精光。于是，每天寻找那些没拧紧盖子的牛奶瓶，成了小猫的必做之事。

小猫的活动范围是逐渐扩大的，它先是到了一个街区的中心，之后去了宠物店的地下室，再后来发现了院子里的桶和箱子。要说别的地方，小猫必然有陌生的感觉，但是这儿，已经成为小猫的老家。确实如此，它就是在院子里的垃圾堆里出生的。

然而，它的老家竟然被另外一只小猫给霸占了，这让它十分生气。它想把这个不速之客赶走，便去威胁对方，可对方并不示弱，不停地发出各种吼叫声来吓唬它。它自然也不会善罢甘休，冲着对方大吼大叫。两只猫摩拳擦掌，眼看就要厮打起来！

恰在此刻，哗啦一声，窗户上猛地泼下来一盆冷水，将两只猫浇成了落汤鸡，同时也浇熄了它们心里的怒火。那个不速之客嗖的一下越墙逃去，而小猫则躲进了它降生的那个盒子。

小猫已经习惯了在这一带生活，而且它还找了一个新的住所。那是一处院子，里面虽然没有垃圾箱，也没有水源，但老鼠却不少。小猫抓老鼠的功夫非常厉害，它常拿老鼠当美餐，有的老鼠可肥美了呢。这样一来，小猫既不用为食物发愁，又能品尝胜利的滋味，小日子过得甭提多惬意了。

小猫渐渐成熟，很快就成为一只出色的母猫。它灰色的毛皮上点缀着一些黑色的花纹，活像一只灰黑色的小老虎；它的耳朵、鼻子尖和尾巴尖十分醒目，因为这些部位都是白色的。它很会照顾自己，生存能力很强。可它也有挨饿的时候，每到这个时候，它就会打麻雀的主意，可是那些麻雀太狡猾了，总能及时逃脱它的猎杀，所以直到现在，它连麻雀是什么味道的都不知道。

已经到了八月了，一天，在享受日光浴的时候，小猫被一只大黑猫盯上了。那只大黑猫本来在高墙上行走，一看到小猫便跑了过来。小猫一看大黑猫耳朵上的豁口，立刻想起它们之前曾经碰到过，吓得赶紧钻到了盒子里。

大黑猫已经跃到院子尽头的一个小屋子的屋顶上，一步步逼近小猫。突然，一只黄色的公猫出现，拦住了它的去路。大黑猫眼里闪烁着凶狠的目光，龇牙咧嘴地发出可怕的吼叫。黄色的公猫也不甘示弱，它也凶巴巴地怒视着大黑猫，吼叫着向后闪了一步。

“喵——喵——”大黑猫吼叫着。

黄色的公猫站在原地，将后背拱成弧形，也“呜嗷嗷——”地叫起来。

“喵——呜呜——”大黑猫提高了声音。

“呜嗷嗷——”黄色的公猫摇着尾巴，一步步向前逼近。

“喵——”大黑猫叫着，一个闪身，向后退了退。

此时，附近的人们都打开了窗户，想看看热闹。

由于黄色的公猫毫不示弱，大黑猫不断地提高嗓门，越叫声音越大；而黄色的公猫呢，先是低声哼叫，之后也开始声嘶力竭地吼叫起来。它们都愤怒地注视着对方，抖动各自的胡须，好似两座雕像，在那里一动不动。不过很快它们便开始了行动，各自向对方逼近，直到鼻子顶到了一起。

“喵呜——喵呜——”黄色公猫发出怒吼的长鸣，猛地扑向大黑猫。

“嗷呜——”大黑猫也将锋利的爪子划向对手。

很快，两只猫就打成了一团，彼此又是撕咬，又是抓挠，又是踢踹，一会儿黑猫按住了黄猫，一会儿黄猫又按住了黑猫，看起来难分胜负，但似乎黄猫稍微厉害那么一点儿。它们纠缠在一起，不停地厮打、滚动，而那些看热闹的人便发出阵阵的欢呼声。

两只猫在屋顶上你来我往，可谓势均力敌，但很快便从屋顶上滚落下来。可即便在坠落途中，它们仍然扭打着，互相撕咬；落地之后，还纠缠在一起。过了很长一段时间，两只猫终于罢战了，因为它们都受了很重的伤，没办法再打下去了。

这次战斗之后，黄猫的耳朵后、眼睛上方都见了血，而黑猫伤得就更重了，它侧腹部被撕出一个大口子，腿也被黄猫咬伤了。在留下一地血迹之后，黑猫爬上墙溜走了。这一幕被人们看得清清楚楚，于是黑猫被打败的消息便传得沸沸扬扬。

黄猫在离开前，突然发现了从盒子里探出头的小猫——准确一点说，应该是母猫。小猫其实一直都在偷偷观战，这时候已经对黄猫产生了好感。从此，这两只猫的感情逐渐升温。

现在，我们来给它们取个名字，小猫就叫吉蒂，黄猫就叫比利吧。虽然它们从不一起寻找食物，也并没有住在一起，但它们显然已经被大家认为是夫妻了。

吉蒂与小兔子

九月底十月初，天开始变得昼短夜长。这天，吉蒂的家——旧盒子里发生了一件奇怪的事儿。

很少能在庭院看到的黄猫比利，是吉蒂的丈夫。如果它能来看一眼吉蒂的话，就会看到吉蒂肚子底下的五只小猫咪，是的，吉蒂做妈妈了。成为母亲的吉蒂总是一脸怜爱地舔着自己的小宝贝。如今拥有家庭的吉蒂终于告别了过去的孤独，变得很幸福。但为了更好地养育孩子，吉蒂必须出门给孩子们觅食，因此变得忙碌起来。

小猫们已经出生六个月了，妈妈吉蒂却比以前更忙碌地出去觅食。小猫们变得不安分起来，不断爬出盒子，开始蹒跚着学走路了。

运气总是让人捉摸不透，坏事虽然时有发生，但好事也会经常光顾。对此，吉蒂可是深有体会，因为它最近运气好极了。之前，它连续两天找不到食物，不仅如此，它还遇到了三次狗，甚至被宠物店的黑人用石块打了。沮丧的吉蒂想不到的是，就在转瞬之间，好运就来了！

第二天一早，吉蒂先是偷喝了一瓶一户人家忘记盖盖的牛奶，接着，它又聪明地从家猫那抢来了一块肉。最后，它竟然还在回家路上发现了一个大

家猫的繁殖

家猫在出生后7～12个月，就具有了生殖能力。它们通常在1～3月、5～8月，或10月发情。怀孕期约62天，一次生产1～8胎。一般是3～5只。体力好的猫一年能生2次。家猫的繁殖能力很强，它们在人类的城市中生活，也没有自然天敌。根据测算，理论上，2只未做绝育的猫及其子孙在7年内可以产崽42万只。惊人的繁殖能力使得它们在许多国家都变得数量过剩。

鱼头。吉蒂心满意足地吃饱回家了。

刚回到院子，吉蒂发现了一只浅褐色的小兔子。它很想抓住这只小兔子，但无奈吃得太饱，便往家继续走。走了几步，吉蒂突然后悔了。它不甘心让到手的美餐跑掉，于是谨慎地走到小兔子身边，想活捉它。其实，小兔子才刚出生不久，还不知道世事险恶，吉蒂根本没必要如此谨慎。吉蒂毫不客气地扑到小兔子身上，轻松叼起“战利品”便回家了。回到家后，它把小兔子放到了孩子们身边。

毫发无伤的小兔子静静地坐在吉蒂家里。过了一会儿，吉蒂给孩子们喂奶，让它惊讶的是，小兔子竟然也凑过来吃它的奶。吉蒂原本是想把小兔子带回来当食物的，可现在它一点儿饿意都没有。此时此刻，它竟然不知该拿小兔子怎么办了。小兔子好像很喜欢吃它的奶，那就随它吃吧，吉蒂想。

渐渐地，吉蒂对小兔子有了感情，竟然把它当作自己的孩子一样照顾。它们在一起愉快地生活了两个星期。一天，小猫们趁吉蒂外出，都爬出盒子去玩耍了。小兔子却只能一脸羡慕地看着，因为它实在是太小了，根本爬不出去，只能乖乖待在窝里。

用石块打过吉蒂的宠物店的那个黑人很坏，他只要看到小猫们在院子里玩耍，就想用猎枪打死它们。这次，他就狠心地向小猫们开了枪，毫无防备的小猫们就这样惨死在猎枪下……不久，叼着老鼠的吉蒂回来了。吉蒂幸运地逃过了一劫。

这是吉蒂第二次捉到老鼠，让它想不到的是，正是这只老鼠救了它的命。吉蒂回到盒子里看自己的孩子，发现只剩下小兔子在。它着急地寻找小猫们，可不管怎么呼喊，都得不到一点儿回应。可怜的吉蒂还不知道，孩子们已经惨死在黑人的枪下了。

叼来的老鼠怎么办？吉蒂把它叼给小兔子吃，可是让它纳闷的是，小兔子好像对这样的美味不感兴趣。因此，吉蒂只好像之前一样，卧下来给小兔子喂奶。当然了，吉蒂这时候还没有放弃，它仍然到处去呼唤自己的孩子们。

然而，吉蒂的呼唤并没有得到孩子们的回应，而是惊动了宠物店的黑人。那个黑人听到吉蒂的叫声后，蹑手蹑脚地走到盒子旁边。眼前的一切简直让他不敢相信自己的双眼：一只小兔子正在吃母猫的奶，旁边还放着一只死老鼠。这真是闻所未闻的新鲜事。

吉蒂发现黑人走过来了，它竖起两只耳朵，同时不断地发出“呜呜”的低吼声，那是在警告黑人：别过来，不然对你不客气！可是黑人找了一块木板来，将盒子盖住，于是吉蒂和小兔子就被死死盖在了盒子里。接着，黑人便把盒子搬到了宠物店里。

这件离奇的事情，从黑人的嘴里传入宠物店老板马力的耳朵里。黑人拿着盒子，边给老板看边说：“您快看，这只兔子不就是我们打算烤着吃的那只吗？”马力听黑人这么一说，再加上眼见为实，脑袋突然一转，发现这是一个好机会。

马力认为“母猫给兔子喂奶”是一个破天荒的大新闻，由此可以把母猫和小兔子培养成受欢迎的“马戏演员”。于是，他将吉蒂和小兔子都关进了一个金丝笼，将笼子挂在店外面展览，并且还在笼子上贴了一个标语：“幸福的一家。”

果然不出所料，周围的居民听说“幸福的一家”后，都十分好奇，全想目睹一下。人们一窝蜂似的涌向宠物店，宠物店顿时门庭若市、客流如云。可是过了不久小兔子就死掉了，所以这种热闹的景象仅仅维持了两三天。在此期间，吉蒂受到了特别照顾，吃喝不愁，而且它再也不用每晚出去觅食了。然而，它一点儿也不觉得快乐，在笼子里生活简直生不如死，它只想着如何出去过自由的生活。

转眼就是四天，吉蒂在宠物店里整日无事可做，便用舌头不停地舔舐自己那已经被舔舐得相当干净的身子。这样一来，马力看它整洁、漂亮，便决定一直养着它。

路易·阿娜罗斯丹

马力这个人的名声在这一带很不好，听说他总是卖给别人一些残疾或体弱多病的鸟儿，而且他还把偷来的猫啊、狗啊之类的宠物卖给别人，或者向这些宠物的主人勒索“赎金”。他是一个个头矮小的伦敦人，虽然是个老板，但并不富裕。不过，他跟黑人伙计的关系不错，大方地为黑人提供了食宿，这说明他的心眼儿并没有那么坏。

马力其实是一个有野心的人，他不想当一辈子小老板。他之所以养那些金丝雀，只是迫于生计。他真正想做的或者说他的梦想是，培养一些出色的猫，然后在名猫品评会上隆重展示自己的猫，这样他便可以在获奖的同时一夜成名。

具体来说，马力带猫参加名猫品评会，有三个直接目的：第一，可能会获得一大笔奖金；第二，可以领到免费车票，做一次免费的旅行；第三，如果自己的猫出名了，那它就值钱了。

梦想很丰满，可现实不是如此。遗憾的是，迄今为止，马力的猫连在名猫品评会参评的资格都还没有。事实上，并不是所有的家猫都能参加这个名猫品评会，只有那些被相关人员（与名猫品评会有关系）推荐的猫才有资格。

很久之前，马力曾养过一只猫，并且还带着它参加了品评会。当时他一直吹嘘自己的猫具有波斯血统，十分优秀，但那只猫实在太丑了，任凭他巧舌如簧，品评会的人也都不相信。后来，它的“名猫”被退了回去，连参评的资格也没拿到。

马力并未因为一次失败就灰心丧气，他无时无刻不梦想着再去参加名猫品评会。现在，机会终于送上门了，他有了吉蒂这只母猫。看着漂亮的吉蒂，马力觉得以后的日子将会变得非比寻常。他不禁自言自语道：“这只猫多半能在品评会上得到认可！”

马力的确在吉蒂身上花了不少心思，自从收留吉蒂以后，他总是好吃好喝地供养着吉蒂。如今，吉蒂的毛光滑闪亮，看起来非同凡响，这无疑使马力有了更多的信心。他觉得吉蒂一定是只非比寻常的猫，于是对黑人伙计说：“萨姆，看来用不了多久，我就能腰缠万贯了！”

马力曾在报纸上看到过一篇文章，还特意把它剪了下来，上面说：让动物吃大量的油腻食品，并经受严寒的考验，可以使它们拥有更优质的毛皮。看完之后，马力立刻把这个方法用在了吉蒂身上。

为了消除吉蒂身上的寄生虫，马力竟然用杀虫剂把吉蒂那脏兮兮的毛皮洗了一番，之后又拿香皂和热水反反复复地替它清洗。吉蒂是最烦洗澡的，它一边嗷嗷地使劲儿叫唤，一边龇牙咧嘴地努力反抗，可是马力丝毫也不理睬。

如今，马力对吉蒂有了充足的信心，所以对吉蒂渐渐变得宽容。每次帮吉蒂洗完澡，他还会带它去火炉边烘干，之后再把它放到笼子里。吉蒂的身上干净清爽，而且被火烤得暖烘烘的，感觉舒服极了。一时的烦恼换来长久的舒适，看起来很合算。吉蒂很满意，便发出“咕噜咕噜”的声响，而马力和黑人看着吉蒂漂亮的样子，也都十分高兴。

然而，马力之前所做的一切都还是准备工作，接下来才开始做真正的实验。一转眼，冬天来了，天气变得异常寒冷。这时候，马力把关着吉蒂的笼子放到了院子里，还给它搭了个棚子，好用来遮风避雨。吉蒂要在这里经受严寒的考验，而且每天还要吃马力为它准备的足够的油豆饼和鱼头。

结果不到一周，吉蒂就胖了一圈，而且它身上的皮毛也越发有光泽了。吉蒂每天除了吃和整理皮毛外，就没其他事儿可做了。渐渐地，它的皮毛开始变得闪亮耀眼，乍一看佼佼不群。与之前比起来，已有天壤之别。

吉蒂的笼子在任何时候都被洗刷得干干净净的。它每天吃得饱饱的，体内储藏了大量油脂，而且还经受了严寒的考验，所以它的毛发变得更加浓密、更有光泽了。深冬来临的时候，吉蒂已经变成一只极其漂亮的虎斑猫了。

实验大获成功，马力自然乐不可支，甚至有些得意忘形。他竟然自鸣得意地把自己想象成一个名人了。他自信满满地对黑人说：“我想，是时候带吉蒂去参加品评会了。你觉得怎么样？是不是该这样做了呢？”

黑人赶紧回应老板：“当然！您说得对极了！”

名猫品评会不久就要在镇上举行了，马力这次费时费力把吉蒂养得这么好，无论如何他都不可能错过这次好机会。他发誓一定要把吉蒂带到品评会上，而且这次只能成功，不能失败。为此，他制订了一个相当周密的计划，以避免重蹈覆辙。

“对了，萨姆！如果就这样简简单单把吉蒂带到品评会上，怕是不太好，咱们得好好地谋划一下。假如那些人知道吉蒂是一只野猫，很可能会取消它的参评资格。现在，咱们得给它起个好名字，弄个好的身份背景，这样才能迎合品评会上那些家伙的口味。”马力端详了一下吉蒂，对着黑人说。

说完这些话，马力立刻开动脑筋，在那里自言自语：“‘罗伊亚纳’怎么样？‘福吉 · 罗伊亚纳’，听着就像一位国王的名字，姓‘福吉’。哎呀，不行不行，‘罗伊亚纳’听着是公猫的名字，而吉蒂是只母猫。取个什么名字好呢？”

马力想了好久，一个满意的名字也没有想出来。于是，他转过身去问萨姆：“萨姆，那个岛叫什么来着，就是你出生的那里？”

“哦，我出生的那个岛吗？叫作阿娜罗斯丹岛。”

马力听到后，满脸兴奋地说：“棒极了，棒极了！就是这个名字，就叫‘阿娜罗斯丹’！咱们就说吉蒂有路易 · 阿娜罗斯丹的血统，让它以这个出身在品评会上登场，那就太棒了。你觉得如何，萨姆？”

萨姆用力地点了点头。这可真是个好点子啊，他们都为能想出这样的点子而大笑不止。突然，萨姆似乎想到什么，对马力说：“但是老板，咱们是不是得给它搞个血统证书啊？”

“嗯，没错，不过这事儿很简单！”马力胸有成竹地说。说完，他找来了好多有名的血统证书。他们俩就参照着这些证书，给吉蒂搞出一个内容翔实、不为人知、王族历史悠久的假血统证书。

一切都办妥后，在一个乌云密布的下午，萨姆便带着吉蒂和它的假血统证书去报名了，当时萨姆还戴了一顶借来的大礼帽。

萨姆以前当过理发师，还开过理发店，所以他见过许多上流社会的绅士。在出门之前，他还学了几个绅士的动作。这些动作，如果让马力学的话，恐怕花上几年工夫他也不一定能学会，但萨姆花了5分钟就学会了，看来他天生就是演戏的料儿。

萨姆故意装出一副有身份的模样，傲慢地朝品评会报名处走去。到了那里，他摇晃着脑袋，对报名处的人说：“受我家主人之托，特意来给这只猫报名！”

报名处的人见萨姆派头十足，便毕恭毕敬地接过吉蒂和血统证书，再一看血统证书，立刻觉得这只猫非同凡响，必须要向品评会特别推荐，而萨姆便很轻松地拿到了品评会的入场券。其实，名猫品评会对报名的猫的要求还是很高的，一般的猫很难入选。通常第一次参加品评会，如果没有合适的介绍人，是不会被受理的。可是这一次，报名处的人全被萨姆忽悠了，问都没问就让他过了关。

终于成功进入品评会，这着实让马力感到得意。

名猫品评会

猫咪也有“选美比赛”

你知道吗，猫咪也有“选美比赛”。CFA的全称为The Cat Fanciers' Association，是目前世界最大的纯种猫注册组织，是国际爱猫联合会的简称。符合CFA标准的非注册纯种猫和CFA注册猫都可以参加，根据月龄的不同，分为成猫组及幼猫组，如果是绝育纯种猫，则只能参加绝育猫组的比赛。比赛时间一般需要1～2天，当所有参赛品种都评审完毕后，裁判会选出各个组别的全品种前十名。CFA猫赛是年度积分赛，每一场得奖的分数在一年内可以累加，到赛季结束总成绩排名前25的可以获得世界冠军头衔。

名猫品评会正式开幕了，马力带着一些担忧进了展厅。看到很多戴大礼帽的绅士在会场门口进进出出，又看到会场外各色豪华的马车一辆接一辆，他心里难免有些忐忑。会场管理人员见他弓腰驼背走过来，显得很不自信，于是开始怀疑他的身份，还在入口处向他索要入场券。一名会场管理人员甚至以为马力是某位绅士的马夫，因为从神态气质来看，他根本不像个绅士。当看到马力的入场券时，他才稍微点了下头，将马力放了进去。

马力就这样混进了会场。会场里摆放着一排排的笼子，都是装猫用的；在笼子的前面，铺着天鹅绒地毯，男男女女就聚集在这里。马力一边看着笼子里的猫（尤其注意那些获奖的猫所戴的花花绿绿的彩带），一边慢慢地朝前走。他的形象不太好，衣服上还有很多褶皱，与整个会场的气氛格格不入。在他怯怯地走路时，总有人皱起眉头疑惑地看着他，好像在说：“这人到底是干吗的？”

马力非常想打听一下关于吉蒂参展的事儿，可一直都没敢张嘴。假如他这个冒牌绅士被人拆穿的话，会被人家怎么对待呢？他不敢想，所以只好忐忑不安地在展厅里东瞅瞅西看看，不断扫视周围关猫的笼子，却始终也没发现吉蒂的影子。

马力心里面打起鼓来，暗想：“这个鬼地方，真不该来，以后再也不来参加了！这次搞不好又白费劲儿了。不过也没白来，现在我有了会员证，以后就知道去哪儿逮这些猫了。”他尽力地宽慰自己。

中央展厅是高级名猫展示的场所，那里聚集了很多有地位、有身份的人。马力站在人群外，踮着脚尖也看不到里面的名猫，因为他实在是太矮了。他想钻到人群里面，可人实在是太多了，他根本就进不去，只能听到人们的谈论声。

“快看，多美的猫啊！”一位女士尖声说道。

“呀，真是太漂亮了！”

“看它那优雅的身姿，肯定要花费不少工夫才能训练出来！”

“哟，你看它那从容的神态，高雅极了！”

“这只优秀的猫要是我的该多好啊！”

“听说它是有王族血统的！”

听到这些话的时候，马力突然感觉自己就是个笑话，竟然把一只在垃圾堆边长大的流浪猫带到这里丢人现眼，真是太愚蠢了。想到这里，他的脸不由得阵阵发烫。

就在这个时候，会场的工作人员跑了过来，对大家说：“真是抱歉，各位太太，劳驾让开一下，体育杂志的画家要为这些猫画画像了，他还会把整个会场的状况都描绘出来。没错，就是这样，谢谢啦！”

“请问，这只名贵的猫的主人是谁啊？您能为我引见一下吗？我对这只猫很感兴趣。”一位站在笼子旁的绅士问道。

“哎呀，这我可做不了主。据说他是一位很有身份的人，想接近他不太容易啊！不过，我一定试一试，先生。它的主人本来不想把它展示出来，这是这位贵人的管家说的——劳您驾，请让一下好吗？”会场的负责人不紧不慢地说。

人群很快就让出一条路，可就在此时，一个穿着寒碜、身材矮小的冒牌绅士，正好挤到画家和那只拥有高贵血统的猫之间。这个人不是别人，正是马力，他正试图一览那只高贵的猫的风采。他已经来到笼子前面，一眼就看到了笼子里的猫，还看到笼子上写的字：纽约名猫品评会蓝绶带金奖！授予具有纯正王族血统的名猫路易·阿娜罗斯丹！展出人：吉普·马力。此猫不出售！

看到这些话后，马力惊喜交加、心潮澎湃，体内热血沸腾，差点儿就昏死过去。他移动头部，朝笼子里看去，没错，就是它，就在那儿！这是一个金色的笼子，底下铺着丝绒的垫子，还由四个警卫守护着。笼子里的猫，皮毛闪亮，表面有黑色和浅灰色，而它浅蓝色的眼睛微微闭着……这不就是从垃圾堆捡来的野猫吉蒂吗！如今它似乎已经超凡脱俗，正骄傲地躺在那里，看起来尊贵极了。一切的景象俨然一幅油画。

马力感觉到了前所未有的自豪、光荣与满足，他在吉蒂——不，应该叫路易·阿娜罗斯丹——的笼子旁走来走去，接受着人们对吉蒂的称赞，心里面已经乐开了花。

不一会儿，马力就悄悄地离开了现场，回到了自己的宠物店。他再三考虑，觉得自己现在最好不要亲自出面，而是让黑人萨姆去处理所有的一切。此时，他只想一个人静静地待着，好平复那激动的心情。

吉蒂虽然出生卑贱，但在品评会上获得了前所未有的成功，它因此一夜成名，身价日日见涨，到最后据说竟然达到100美元。吉蒂为非卖品，没有具体的定价，所以那些对它有兴趣的买主都出了很高的价。马力不知道把吉蒂卖多少钱合算，但当他听说吉蒂的身价已经高达100美元时，便立刻让黑人萨姆去见会长了。后来，当他确信这个价格已相当不错时，便立刻将吉蒂卖了出去。不要小瞧这100美元，对当时的马力来说，这算得上是一笔巨款！

名贵的猫

吉蒂就这样成了有钱人家的一员，还住进了第五街的高级住宅。然而，路易 · 阿娜罗斯丹却非常不配合，处处不给这家人留面子。无论谁和它亲热，它的反应都异常激烈，大闹不止。但主人却非常宽容，还为它找了借口："这只猫如此高傲，不依赖任何人，是真正受过良好教育的猫中贵族啊！"

甚至当路易 · 阿娜罗斯丹袭击金丝雀的时候，主人也非常宽容："这只猫从小生活在东方皇室，现在这样做一定是以前跟别的猫学过，真是见多识广、多才多艺啊！"

路易 · 阿娜罗斯丹恶习不断，它甚至偷偷将牛奶瓶打开喝牛奶。然而，主人却继续纵容它："路易 · 阿娜罗斯丹竟然能将盖子打开喝牛奶，真是又聪明又了不起呀！"

让主人没想到的是，路易 · 阿娜罗斯丹还有更没教养的举动——到垃圾桶里打滚儿！不过，主人选择继续原谅："路易 · 阿娜罗斯丹是大家闺秀，有些任性的举动实属正常。品质不高贵的猫也做不出这些啊！"

对吉蒂而言，过去挨饿受冻的日子仿佛做梦一样。它现在每天吃尽美味，享受家人的宠爱，只需做些可爱的举动供家人消遣娱乐，接受赞美即可。可吉蒂并不开心，它异常思念在垃圾堆旁度过的那些时光。它常常蹲在窗边，拿着从脖子上拽下来的蓝彩带，闷闷不乐地向外张望，想象着外面精彩的世界。

然而，如今作为一只出身高贵的猫，又在如此优越的环境生活，享受着家人的宠爱，它根本没机会逃出去，因为身边总有人看着它。吉蒂只好靠在屋里的垃圾桶里找吃的，来为澎湃的思乡之情找个发泄口。

一转眼三个月过去了。终于在一天夜里，吉蒂趁人出去扔垃圾时，伺机从门缝里钻了出去，之后便跑得无影无踪了。

家人找不到吉蒂，立马召集了很多朋友，帮忙四处寻找、呼喊。终于恢复自由的吉蒂根本不理睬这些，它一心只想尽快回到自己的故乡。

吉蒂先到公园小憩。此时，一股熟悉的气味从码头飘来，它飞一般地朝码头跑去。作为方向感很强的动物，无论身在何方，猫都能依靠本能分辨出故乡的方向，从而顺利回家。

尽管外面很冷，尽管肚子开始饿了，吉蒂还是为自己的成功脱逃高兴不已。一路上，吉蒂历经各种困难，躲过狗，躲过货车，躲过其他猫。也不知走了多久，最终吉蒂回到了魂牵梦绕的故乡——码头。它快速钻过老墙上的窟窿，越过一堵墙，踏进了日思夜想的小宠物店后院的垃圾堆。直到这时，高贵的路易·阿娜罗斯丹终于回到了自己的家——那只旧盒子里。

波斯猫

波斯猫是以阿富汗的土种长毛猫和土耳其的安哥拉长毛猫为基础，在英国经过100多年的选种繁殖，于1860年诞生的一个品种。波斯猫是最常见的长毛猫，它有一张讨人喜爱的面庞，长而华丽的背毛。

饥肠辘辘的吉蒂稍微休息了一会儿，就准备出去觅食了。它按照过去的习惯，走到通往宠物店地下室的楼梯旁，想像以前一样碰运气捡些吃食。谁料刚走过去，萨姆就发现了它，并朝地下室大喊：“老板、老板，快来啊，那不是路易·阿娜罗斯丹吗？它跑回来了！”

马力听到喊声立马跑了出来，刚好看到吉蒂越墙飞跑的影子。他们模仿猫的叫声，声音轻柔地喊道：“吉蒂！吉蒂！你在哪儿？快过来！”

吉蒂才不理会他们的虚情假意，它飞快地跑到可以藏身的地方，彻底消失了。

吉蒂的出现，对萨姆和马力而言，可是天大的好事！他们之前用卖掉吉蒂的钱做了很多事：重装了宠物店，添加了几只名贵的鸟，小店看起来时尚、高档了很多。现在，他们怎么会放过吉蒂这棵摇钱树呢！

马力命令萨姆：“不管付出多大代价，都要把吉蒂这棵摇钱树搞到手！”接到命令的萨姆，狡猾地在吉蒂的旧盒子里放了一个捕鼠夹，还特意在夹子上放了一块大鱼头。然后就耐心地躲在一旁等着。

在外面寻觅了一天却一无所获的吉蒂，筋疲力尽地回到家。刚一回到窝里，饥肠辘辘的吉蒂就闻到了诱人的鱼腥味儿。它毫不犹豫地朝鱼头凑了过去，只听“啪”的一声，吉蒂被事先放好的捕鼠夹牢牢地夹住了。等在一旁的萨姆见此立刻拉好绳子，将盒子的盖盖上。吉蒂就这样再次被逮住了。

抓到吉蒂的马力，每天都会关注报纸上的“寻人寻物”广告。

过了不久，马力真的看到了寻猫广告：名猫路易·阿娜罗斯丹不幸走丢，如有好心将其送回者，可奖励25美元。马力看到奖金，高兴地叫起来。

马力让萨姆假扮成仆人，特意抱着装有吉蒂的盒子去了那户有钱人家。萨姆傲慢地对人家说："我代为转达马力先生的意思，他很高兴帮你们找到丢失的猫，特意派我把猫送到你们府上。奖金的话，就不必了！"

然而，有钱人不但给了赏钱，还远高于25美元。能找回失而复得的猫对他们来说，比什么都重要。

乡下的别墅

就这样，吉蒂又回到有钱人家里，变回了名贵的猫。而且，有了上次的教训，主人将吉蒂看管得更严了，它根本没办法走出家门一步。

尽管每天仍旧有很多美食，吉蒂的心情却越发烦躁起来。它并不喜欢被宠养的日子。吉蒂的行为变得越来越粗暴，脾气也越发暴躁起来。

一转眼，纽约的春天来了，处处是万物复苏的美好景象。主人一家打算到乡下的别墅度假。他们整理好行李，关上门窗，还将吉蒂装进宠物篮，准备带它一起到80公里外的别墅去度假。

主人心想："也许给吉蒂换个环境，它就能忘掉以前的主人，变得听话、温顺，心情也变得好起来。"他们将装吉蒂的篮子带上火车。这是吉蒂第一次坐火车，周围吵闹的声音、混杂的气味儿，都令吉蒂非常讨厌。它不知道自己在哪儿，但吵闹声和难闻的气味一直持续着，让它难以忍受，只想立刻逃走。

好不容易，他们到达了别墅。主人将装吉蒂的篮子轻轻地举起来。四周一片寂静，明媚的阳光透过篮子的缝隙钻进来，一片暖洋洋。别墅的佣人们对吉蒂很好，处处讨好它。可吉蒂不但不领情，反而更加想逃走了。

不过，路易 · 阿娜罗斯丹并不是对所有人都态度恶劣，有一个人除外，那就是家里胖胖的厨娘。路易 · 阿娜罗斯丹是在无意中认识她的，她身上那股巷子里的气味，让吉蒂倍感亲切，仿佛回到故乡一般。

主人们纷纷议论：“不知路易·阿娜罗斯丹喜不喜欢这儿的别墅生活。”

厨娘听到后，就说：“只需给它在身上涂一点油，猫只要舔自己的毛，我们就有办法让它乖乖待在家里。”于是，她把吉蒂抓住，在锅里蘸了点儿油，涂在它的脚底。胖厨娘的行为让吉蒂大为反感，它正要发火，当它弯腰舔爪子的时候，突然闻到脚底的油味，心情瞬间大好：它喜欢这种油味。于是接下来的一个小时，吉蒂都在舔自己的爪子。胖厨娘自信地说：“这下好了，它一定会乖乖待在家的。”

没错，吉蒂从此踏实下来。但它总是慢悠悠地从厨娘身边走过，到厨房垃圾箱去翻垃圾。对任何一只出身高贵的猫而言，翻垃圾都是有失体面的事，但吉蒂天性如此，又能怎么办呢？尽管路易·阿娜罗斯丹的怪癖让主人特别烦恼，但看它能乖乖待在家里，还是很欣慰的。

考察了一两个星期，路易·阿娜罗斯丹获得了比以前更多的自由。但主人还是心有余悸，担心它逃走，便派人看着它，也防止它受到别的威胁。周围的狗被教育得很好，从不骚扰它，附近的孩子也知道吉蒂是只名贵的猫，不敢朝它扔石子。

吉蒂的食物享用不尽，窝也比以前的温暖很多倍。就连以前不敢奢望的牛奶，也是想怎么喝就怎么喝，没人限制它。这在以前是根本无法想象的。然而，美食环绕，无数人宠爱的吉蒂却丝毫感觉不到快乐。

享用不尽的食物对吉蒂来说，没有太多诱惑力。它更喜欢在自己饿的时候出去觅食，偷偷摸摸弄来的食物吃起来更有味道。它也不喜欢那些洗得特别干净的垫子，它更喜欢在厨房的柜子底下不断摩擦身体，留下属于自己的气味，安心睡去。

别墅后面有个大垃圾场，邻居家旁边也有一个。然而，令吉蒂反感的是，不管哪个垃圾场，都散发着一种奇怪的玫瑰香味，就连马和狗的气味也不对。可以说这里的一切，都让吉蒂讨厌。整个乡村就像一片毫无生气的沙漠，那些令人无法言说的花园、干草场地和吉蒂熟悉的堆满垃圾的箱子、烟囱、甬道、码头以及四处可见的垃圾箱相比，简直弱爆了。吉蒂对这里厌恶极了。假如有机会在刚来的那天逃走的话，吉蒂二话不说就会选择出逃。

一天早上，吉蒂刚醒来就觉得烦躁极了。这天，别墅收到一个包裹，吉蒂走过去闻，发现包裹竟散发出它熟悉的那些码头和贫民窟的味道。这气味瞬间唤醒了它的记忆，过去曾经历过的画面像一只手在不断召唤它归来，吉蒂更想家了。

第二天，一向平静的别墅发生了几件大事。吉蒂一直以来很喜欢的胖厨娘突然走了。而导致她离开的原因就是别墅昨天收到的、唤醒吉蒂思乡情的那个包裹。此外，还有一件事发生。这天夜里，家里调皮的小男孩，为了逗弄吉蒂，竟然突发奇想地在它的尾巴上拴了一个空罐子。吉蒂一下子被惹恼了，它伸出锋利的爪子飞快地朝小男孩扑去，使劲儿在他手上挠了一把。

小男孩号啕大哭，被惊动的女主人生气地拿起身边的书猛地朝吉蒂砸过去。还好吉蒂身手敏捷，巧妙地躲过袭击，迅速向楼上跑去。

吉蒂在顶楼一直躲到夜里，才敢悄悄下楼。它仔细地检查纱窗，企图找到能逃出去的地方。幸运的是，吉蒂很快就发现了一扇忘记上锁的门，它毫不犹豫地钻了出去。在这个漆黑的夜里，吉蒂终于再一次出逃了。

惊险回乡路

此时已经是八月份了，黑夜变得更长。对人而言，漆黑的夜里根本看不清前面的路。但对吉蒂来说，它天生具有的瞳孔放大的优势，可以轻松在黑夜里看清一切。

吉蒂一跑出别墅，就飞奔起来。这里的一切都让它厌倦，它一心只想回自己的故乡。在它内心深处，那个巷子里的垃圾堆才是它真正的家。在去别墅时，吉蒂是被装进篮子里带过去的，而且别墅离家几十公里，吉蒂并不认识路。但是，凭借它与生俱来的本能，指引着吉蒂回家的正确方向。吉蒂沿着一条路向前走，它深信，只要沿着它一直走下去，一定能找到自己的家。

接着，吉蒂奔跑起来。一个多小时后，它来到一条大河边，熟悉的气息迎面吹来。河流的阻挡，让吉蒂不能继续直行了。河流是由南向北的方向，吉蒂心里有个坚定的声音不断提醒它："向南！向南！"吉蒂遵循内心的指引，向南继续走去。河边紧挨着一条铁路，铁路拐弯处有一道栅栏。吉蒂发现栅栏和铁路间窄窄的小路，于是沿着这条小路跑起来。吉蒂内心一阵高兴，它终于逃出了那幢到处飘着玫瑰香味的别墅。就这样不停地跑着，就在感觉有些累了想要休息一会儿的时候，栅栏对面传来了一阵狗叫。吉蒂害怕地躲进了栅栏里。

狗追了过来，但因为无法钻进栅栏里，所以不会伤害吉蒂。吉蒂放下心来，不过为了防止狗继续骚扰它，它绕过栅栏继续往前跑去。

但没过多长时间，更猛烈的吼叫声传了过来。声音越来越近，吉蒂警惕地扭头一看，是比刚才那只狗还要大很多的一条大黑狗。大黑狗瞪着一双恶狠狠的眼睛向吉蒂追来，嘴里不断吐着白气，发出雷声一样“轰轰轰”的吼声。吉蒂吓得魂不附体，它拼尽全力向前奔去。然而，大黑狗轻而易举地就追了上来。奇怪的是，大黑狗超过了吉蒂，之后渐行渐远，最终消失在茫茫夜色中。筋疲力尽的吉蒂紧紧地靠在栅栏上，虽然大黑狗跑远了，吉蒂安全了，但它还是心有余悸地不停喘着粗气。

之后，在天亮之前，吉蒂又遇到了几个像大黑狗一样的声音如同打雷的“大怪物”。不过，聪明的吉蒂发现，这些“怪物”虽然庞大，但并不灵活，只要它悄悄地躲起来，它们就不会发现它。事实上，这些“怪物”是火车。偶尔也有火车朝着吉蒂迎面开来，但吉蒂已经变得胆大了许多。

第二天太阳刚刚升起，吉蒂刚好经过一处贫民窟。它竟然幸运地在垃圾堆里发现了一些未经消毒的食物。尽管这里只是回家的途经之地，但那股迎面扑来的熟悉的气味却让吉蒂特别心安。于是，它决定在马棚附近休息一天再赶路。在此期间，吉蒂遇到了两条狗和几个特别调皮的男孩，险些被他们弄得丢掉性命。这里即使再像自己的故乡，吉蒂也不准备留下。

到了夜里，吉蒂被思乡的急切心情驱使，又踏上了征程。它没想到，这里居然也有很多之前遇到的不断轰鸣的“怪物”出现。但对吉蒂来说，这些已经不再是威胁，它坦然地走着自己的路，完全不理睬那些“怪物”。

天快亮时，吉蒂来到另一条街道。它成功地捕捉到一只老鼠，美餐之后，继续赶路。毫不奇怪的是，吉蒂也遇到了几条同样讨厌的狗。

有好几次，吉蒂遇到了难以抉择的岔路口，走错了路。好在它都及时调整方向，重新选择了正确的方向。吉蒂就这样不停向南走着。无论走到哪儿，到了早上，吉蒂都会选择钻进一个人家的仓房休息养精蓄锐，以躲避狗和孩子的骚扰，然后晚上再继续赶路。

吉蒂就这样，连续一个星期不停朝家走着。不久之后，它遇到了一条大河。想要继续往南走，只有通过这条河才可以。尽管有一座桥可以过河，但那是火车专用桥。桥上不断经过的轰鸣的"怪物"，虽然吉蒂已经不再害怕，但每当"怪物"从身边通过的时候，吉蒂还是会慌忙躲开。假如吉蒂真上了桥，一旦有"怪物"经过，它是没办法躲开的。

可吉蒂太想家了，想到什么都不能阻挡它前进。于是，当吉蒂确认桥上没有"怪物"通过的时候，它飞快地跑到桥上。可刚跑到一半，一个"怪物"从身后追来。吉蒂拼命飞奔，企图在"怪物"赶上自己之前，跑过整座桥。它万万没想到的是，就在它躲避身后的"怪物"追踪时，前面出现了另一个"怪物"。吉蒂吓得魂不附体，就在无处可逃的时候，吉蒂纵身一跃向下跳去。"扑通"一声，吉蒂掉进了水里。

好在此时正是八月的天气，河水不是很凉。吉蒂浮出水面，一面拼命划水，一面喘着粗气，一面还要四处张望，确认刚才的"怪物"是不是追上来了。看到"怪物"没追来，吉蒂才向岸边安心地游去。

在此之前，吉蒂从没下过水，没想到今天竟然游得很不错。当然，这次也是为了躲避怪物才掉进水里，如果不赶紧上岸会被淹死。正是出于求生的本能，吉蒂才拼命用爪子不停划水。然而，即使是在这样危险的时刻，吉蒂依然朝着南方——故乡的方向游去。很快，吉蒂就游到了对岸。它湿漉漉地走上岸边，岸边的泥、随后经过的煤堆和土堆，在吉蒂身上全都留下浓重的痕迹。此时的吉蒂浑身黑漆漆、脏兮兮，没有一点儿贵族模样。尽管是如此狼狈，但吉蒂的心情非常明朗，就像在闷热的夏夜冲了一个凉水澡，清爽得很。

历尽各种艰险，吉蒂总算“逃”过了那些“怪物”的“追踪”。如果吉蒂能像人那样表达喜悦的话，一定会吹上一曲快乐的口哨。

整整三天，吉蒂在船坞见证了各种各样的危险和极度复杂的情况。一次，它在港口爬上了一艘船，谁知竟被这艘船带到了另一个港口。当吉蒂意识到方向出错之后，赶紧搭上另一艘船，回到了最初的港口。

这样一来，吉蒂更加确定故乡的方向了。方向一旦确定，吉蒂行进的速度就更快了。而且，经验丰富的吉蒂不论遇到什么样的狗，都不再胆怯，只需看上一眼，它就知道该如何应对了。

随着回家的路程越来越近，吉蒂的幸福感也不断增强。它甚至开始幻想，只需再过一会儿，它就能舒服地卧在故乡的老院子里，找到那个记录着它出生时刻的旧盒子，还有旁边的垃圾堆。也许那个盒子已经被黑人拿走了，不要紧，再找一个差不多的盒子也不难。吉蒂就这样想着，走着，故乡仿佛在不断向它招手，不知不觉，它的脚步更快了。那只曾经养在豪宅的名贵的猫——路易·阿娜罗斯丹在经过重重困难的跋涉后，已经蜕变成原来那只瘦弱的、脏兮兮的野猫。而如今，它马上就要回到故乡——它朝思暮想的自由之地了。

再转过一个拐角就到家了，远远的，吉蒂已经能看到熟悉的建筑物了。想起日思夜想的故乡，吉蒂的心狂跳个不停，它现在深刻地体会到什么叫“近乡情怯”了。

黑人萨姆

吉蒂万万没想到的是，故乡发生了翻天覆地的变化！原来的故乡不见了，记忆中的老院子不复存在！原来的院子、垃圾箱彻底消失，只剩下一片荒野和随处可见的零零落落的石子、木材和小土堆。是自己记错了方向吗？怎么可能呢？那到底发生了什么？吉蒂简直不敢相信自己的眼睛！

莫名其妙的吉蒂在“故乡”不停地走着，转着，仔细分辨周围的环境和道路的颜色。没错啊！这里就是它的故乡。宠物店原本在那个位置，垃圾堆在那个位置……到底发生了什么？为什么所有的东西全都消失不见了？最让吉蒂不可思议的是，巷子里原来那种它最熟悉和渴望的气味竟然也消失得无影无踪。

历经了那么多磨难，遇到了那么多危险，甚至几次差点丢掉性命，就是为了回到自己的故乡。可如今，故乡竟然变成了现在这种样子。吉蒂难过极了。它在荒凉的空地上不断地徘徊着，心里空落落的，没有一丝安慰。

事实上，出于在河上建造大桥的目的，人们把周围的旧建筑进行了拆迁改造。但远离故乡的吉蒂又怎么会知道这些呢？

太阳慢慢升起来，吉蒂来到附近的一个地方，想找一块地方暂时躲起来。远处一座熟悉的大楼完好无损地立在那里，吉蒂就顺势躲到了里面。想想之前，这里总聚集着一群无家可归的流浪猫，还总有几只野猫在垃圾箱里找食物吃。

无处藏身的吉蒂茫然了，它忽然想到可以回那户有钱人家去。

它曾经从那个家里跑出来，逃回小宠物店的后院，所以还记得路线。然而，当吉蒂到了那儿才发现，大门紧锁，根本没法儿进去。对啊，人家正在别墅度假呢啊！但吉蒂并不理解人类的行为，于是在那户人家周围徘徊了一整天。

第二天，无处安身的吉蒂又回到了那条巷子。转眼间，九月就要过去，秋天马上就要来了。在此期间，很多野猫要么因为饥饿死去，要么因为体弱多病、没办法躲避敌人的袭击死掉。幸运的是，身强体壮的吉蒂活了下来。

每天白天，总有很多工人在吉蒂故乡附近工作。一天晚上，吉蒂偷偷跑了回去，发现那里又发生了很大变化。十月份的时候，一栋高楼立了起来。

一天早晨，吉蒂看见一个身穿蓝色衣服的黑人从大楼里走出来，他把一个满是垃圾的水桶放下就走了。

饥肠辘辘的吉蒂向着垃圾桶飞奔而去。走近了才发现，那根本不是垃圾桶，而是装抹布的水桶。吉蒂失望透了，没有东西吃，看来这下要饿肚子了。不过，它忽然在水桶的把手上闻到了一股记忆中的味道、熟悉的味道。吉蒂拼命嗅起来。就在这时，黑人回来了。吉蒂马上转身朝着与道路相反的方向跑起来。

黑人盯着吉蒂左看右看，之后惊讶地叫道：“嗨，真的是你吗，吉蒂？噢不，是路易·阿娜罗斯丹！你怎么又回来了？你很饿吗？快到这里来，快来啊！”

黑人反身回到大楼里，从饭盒里拿出所有的肉，又回到大门口，把肉放在那里，就回楼里去了。已经好几个月没吃饱过的吉蒂真的是太饿了。它看着这一切，确定黑人走进大楼后，才小心翼翼地向大门口走去。在吉蒂眼里，虽然黑人是敌人，但他拿出来的肉实在是太有诱惑力了。饥肠辘辘的吉蒂顾不了那么多，它飞快地跑到大门口，迅速将肉吞下，又立马转身逃跑了。从此以后，只要饥饿难耐的时候，吉蒂就会跑到黑人楼下去。只要看到吉蒂，黑人就会把散发着香味的肉拿给它吃。天长日久，吉蒂竟然对黑人产生了亲切感，不再像原来那样讨厌他了。

那黑人到底是谁呢？他又怎么会知道吉蒂的名字呢？他啊，就是宠物店的萨姆啊！以前吉蒂一直把他当作坏人，并不了解萨姆。现在的事实证明，萨姆好像也不像想象中那样坏。他已经变成了吉蒂的朋友。

永远的家

连续一个星期，吉蒂都到大楼去找萨姆，从他那里得到肉吃。最后一天，除了肉，竟然还有一只肥硕的死老鼠等着它。吉蒂从没捉过那么大只的老鼠。它把老鼠叼到一边放好，想着等肚子饿的时候再吃。

吉蒂刚要穿过新楼前面的街道，一条狗跑过来。吉蒂赶紧躲到大楼门口。这时候，一位穿着考究的男人恰好从大楼里走出来。萨姆打开门的一瞬间，他们同时看到正叼着肥硕的老鼠的吉蒂。

“嘿！那只猫竟然捉到了那么大一只老鼠！”衣着考究的男人对萨姆说。

萨姆立即接道：“是啊！这是以前我们养的一只猫，以会捉老鼠闻名。正是因为它，这一带的老鼠才变少，环境也因此整洁起来。你看，它都累得这么瘦了！”

绅士听后，同情地说：“原来如此！那不能让它饿得这么瘦啊！难道你连一只猫都不能养活吗？”

“要说养活嘛，倒也不是不能养活。肉店卖下水的手推车经常来这边，每星期只要给他25美分，这只猫就能有肉吃了。”萨姆说。事实上，10美分就已经足够了，萨姆说25美分，只是想私自扣下15美分。

绅士说：“那好，肉钱由我来付。”就这样，吉蒂可以从卖下水的手推车里得到肉吃了。

矮个子男人推着车来时，边推边喊：“卖肉啰……卖肉啰……”

他的声音一响，猫们就从四面八方钻出来，向着车子跑来。车子和以前一样，装满了许多动物的下水。

各种颜色的猫凑过来，黑的、白的、灰的、黄的……它们兴奋地在车子周围叫着。男人认识每一只猫，心里更是清楚该给哪只猫多少肉。给钱多的主人，猫分到的肉就多；给钱少的，自然肉就少。他不停地忙活着，给每一只猫分肉。

接着，矮个子男人推着车继续朝前走。不久，来到新楼的拐角。他把车子停在这个停车场里，然后拿着木棍不断驱赶着尾随而来的猫们："一边去！让开！让开！你们这些饭桶们！"

事实上，他这样做是为了让这些猫给一只灰猫让路。那只灰猫有雪白的鼻子、尾巴尖和两只耳朵——它就是吉蒂！

一块远比其他猫的肉大很多的肉被分给了吉蒂。萨姆把25美分的肉钱分了一些给这个矮个子男人，而他得到了更多的钱。

每天都能领到一大块肉的吉蒂，一旦分到肉，就会飞快地叼着肉跑到大楼的角落里，慢慢地吃起来。如今，它已经被正式养在这里。这是以前根本不敢想象的生活，现在竟然成真了。吉蒂的运气真的好了很多。

多大的猫能捉老鼠

猫天生就会捉老鼠、这是它的本能反应，是鼠的天敌。猫生来就有一种"想捉住移动物体"的天性。所以，从眼睛能够看见东西时起，只要有移动的东西出现，猫的爪子就会很自然地伸出去，因而有一种"不出手不行"的心态存在。一旦幼猫的腿脚发育完善了，就能开始追逐移动的物体了。

初进社会，吉蒂历经了很多磨难——被抓、被卖、被送到远方……而如今，一切灾难远去，吉蒂梦想成真。

还有另外一件值得高兴的事，那就是在此期间，吉蒂捉到了麻雀！从小就试图抓麻雀的吉蒂，一次都没成功过。现在不但成功了，而且一次抓到了俩！当时，两只麻雀不知为什么扭打在一起，不小心竟滚到了旁边的水沟里。一直伺机等待的吉蒂立刻扑上去，活捉了两只麻雀。真是“鹬蚌相争，渔翁得利”啊！

不过，自从萨姆帮它付肉钱那天开始，吉蒂已经停止捉老鼠了。因为要向主人散布吉蒂一直在捉老鼠的消息，萨姆不得不亲自捉起了老鼠。萨姆的想法很简单，主人一旦得知吉蒂停止捉老鼠的消息，就会停止继续付肉钱。这样一来，自己也就无从得到那15美分了。

吉蒂的日子一天比一天滋润，萨姆却苦了。只要捉到老鼠，他就会把老鼠丢到大厅门口。看见老板来，立马跑过去，一面收拾老鼠一面夸奖吉蒂：“真了不起！老板您看——这就是那只猫捉到的老鼠，它真的最会捉老鼠，绝对是一只血统名贵的猫！”

老板赞许地点点头。萨姆心里清楚，自己又可以从中获利了。

后来，吉蒂生了几窝小猫。萨姆猜小猫的父亲是那只大黄猫，他猜得没错。此后，为了牟利，吉蒂被萨姆卖出去了几次。他心里非常清楚，恋家的吉蒂过不了多久就会自己跑回来。他也因此从中赚了很大一笔钱。为了安抚吉蒂，萨姆继续给它买肉吃，然后再转手卖出去。

不久之后，吉蒂学会了乘电梯。它不但适应了电梯上上下下的节奏，还学会了按按钮！只要那个送肉的男人一来，不管在哪层，吉蒂都能想办法找到让它下楼的按钮，顺利领到属于自己的那份肉。

现在的吉蒂看起来毛皮油亮，十分动人。站在几百只猫里，依然耀眼夺目。它已经成了当之无愧的猫中女王。

对吉蒂来说，尽管路易·阿娜罗斯丹这个假名字和假证书已经家喻户晓，而且还在品评会上拿过最高奖。但它仍然喜欢在日落时刻，偷跑出大厦，到那个一直深爱着、铭刻着它成长痕迹的地方走一走、看一看。

不管岁月如何变迁，吉蒂依然保持着旧有生活方式，那些脏兮兮的巷子和平民气质的特色，始终是它心中的最爱。它骨子里认可的这种生活方式，相信永远也不会改变。